穎濱先生詩集傳

2

宋 蘇轍 著

明刊本

第二册

穎濱詩集傳

十一之五

潁濱先生詩集傳卷第十一

祈父之什　小雅

祈父刺宣王也

祈父予王之爪牙胡轉予于恤靡所止居

祈父司馬掌封圻之兵書作圻父宣王之末敗於姜氏之戎爪牙之士爲是怨之歎恤憂也

祈父予王之爪士胡轉予于恤靡所底止祈父亶不聰胡轉予于恤有母之尸饔

亶誠也尸主也饔祭食也士憂兵敗身没不得還守祭祀而使母獨主祭也

祈父三章章四句

白駒大夫刺宣王也

皎皎白駒食我場苗縶之維之以永今朝所謂伊人於焉逍遥

宣王之世賢者有不得其志而去者君子思之曰白駒人之所願乘也苟其肯食於我場我將縶維而留之今賢者既已仕矣而莫或留之何哉故於其去也猶欲其於是逍遥逍遥不事事也雖逍遥猶愈於去耳

皎皎白駒食我場藿縶之維之以永今夕所謂伊人於

焉嘉客

客亦非執事者也

皎皎白駒賁然來思爾公爾侯逸豫無期慎爾優游勉爾遁思

黃白曰賁既去矣而猶欲其復來故告之曰子苟來也將待爾以公侯其爲樂顧豈少哉曷亦慎爾優游而勉爾遁思以來從我乎慎戒也勉强也

皎皎白駒在彼空谷生芻一束其人如玉無金玉爾音而有遐心

來而莫之顧則去而入於空谷甘於生芻人之望之

如玉之潔也君子於是知其不肯少留而猶欲聞其音聲故告之曰無貴爾音而有遠去之心愛之至也

白駒四章章六句

黃鳥刺宣王也

黃鳥黃鳥無集于穀無啄我粟此邦之人不我肯穀言旋言歸復我邦族

集木而啄粟者鳥之性也士之願仕於朝而食於祿亦猶是矣今而却之彼亦有去而已矣夫去非士之患也使天下之士從此而逝則人主之患也

黃鳥黃鳥無集于桑無啄我粱此邦之人不可與明言

還言歸復我諸兄黃鳥黃鳥無集于栩無啄我黍此邦之人不可與處言旋言歸復我諸父

黃鳥三章章七句

我行其野刺宣王也

我行其野蔽芾其樗昏姻之故言就爾居爾不我畜復我邦家

此詩甥舅之諸侯求入為王卿士而不獲者之所作也故曰行于野而求庇雖蔽芾之樗猶可以息於其下而況其非樗也哉人君之用人苟有益於國將無適而不取今王獨弃其昏姻之人而不用何也則亦

歸復吾國而已

我行其野言采其蓫昏姻之故言就爾宿爾不我畜言歸斯復我行其野言采其葍不思舊姻求爾新特成不以富亦祇以異

蓫葍皆惡菜也特匹也大臣君之匹也成當作誠宣王棄其姻舊而求新特夫苟可用豈必新之是而舊之非歟雖然如是而獲富可也誠不以富則亦祇以爲異而已

我行其野三章章六句

斯干宣王考室也

考成也

秩秩斯干幽幽南山如竹苞矣如松茂矣兄及弟矣式相好矣無相猶矣

干澗也猶圖也澗流秩秩窮之而益深南山幽幽入之而益遠旣言宮室之盛如此則又言其下之固如竹之苞其上之密如松之茂宣王與其兄弟居之又皆相好而無相圖者是以居之而安也

似續妣祖築室百堵西南其戶爰居爰處爰笑爰語

似肖也爰於也厲王之亂而宮室敗壞宣王謀所以續其先妣先祖者故築其宮室將於是居處於是笑

語焉

約之閣閣椓之橐橐風雨攸除鳥鼠攸去君子攸芋

約縮版也閣閣上下相乘也椓椓杵也橐橐杵聲也芋大也亦作吁君子於是居焉所以爲尊且大也

如跂斯翼如矢斯棘如鳥斯革如翬斯飛君子攸躋

此章言其堂也其嚴正如人之跂而翼翼其恭也其廉隅如矢之急而直也其峻起如鳥之驚而革也其軒翔如翬之飛而矯其翼也君子於此升而聽朝焉躋升也白雉五色曰翬

殖殖其庭有覺其楹噲噲其正噦噦其冥君子攸寧

此章言其室也殖殖乎其庭廡之高也有覺乎其楹之直也噲噲乎其正晝之明也噦噦乎其夜冥之深廣也君子於此休息而安身焉噲噲猶快快也噦噦猶晦晦也

下莞上簟乃安斯寢乃寢乃興乃占我夢吉夢維何維熊維羆維虺維蛇

莞蒲也簟竹也寢既成設莞簟而寢於其中起而又占其夢此所以知其國家脩治閒暇之極也

大人占之維熊維羆男子之祥維虺維蛇女子之祥

熊羆毛物陽之祥也虺蛇鱗物陰之祥也

乃生男子載寢之牀載衣之裳載弄之璋其泣喤喤朱芾斯皇室家君王
寢之於牀尊之也衣之以裳下之飾也弄之以璋尚其德也喤喤大聲也天子朱芾諸侯以黃朱子之生於是室者非君則王也是以皆將服朱芾煌煌然矣
乃生女子載寢之地載衣之裼載弄之瓦無非無儀唯酒食是議無父母詒罹
寢之於地卑之也裼褓也即用其所衣而無加也韓詩作禘弄之以瓦質而無飾也儀善也有非非婦人也有善非婦人也唯酒食是議而無遺父母憂則可

矣罹憂也

斯干九章四章七句五章五句

無羊宣王考牧也

誰謂爾無羊三百維羣誰謂爾無牛九十其犉爾羊來思其角濈濈爾牛來思其耳濕濕

羊以三百爲羣其羣尚多也得爲無羊乎牛之犉者九十非犉者尚多也得爲無牛乎黃牛黑脣曰犉聚其角而息濈濈然呞而動其耳濕濕然

或降于阿或飲于池或寢或訛爾牧來思何蓑何笠或負其餱三十維物爾牲則具

訛動也何揭也簑所以禦雨笠所以禦暑物類也異
毛色者三十故牲無不有
爾牧來思以薪以蒸以雌以雄爾羊來思矜矜兢兢不
騫不崩麾之以肱畢來既升
牧人有餘力則取其薪蒸合其牝牡而牧事盡矣矜
矜兢兢堅彊也騫虧也崩羣疾也肱臂也升升牢也
使來則畢來使升則既升言其擾也
牧人乃夢衆維魚矣旐維旟矣大人占之衆維魚矣實
維豐年旐維旟矣室家溱溱
牧人有事于陸耳今又捕魚于水水陸皆有獲焉此

所以爲豐年也龜蛇曰旐鳥隼曰旟龜蛇陰物也鳥隼陽物也陰陽備故爲室家溱溱室家溱溱衆也宣王之小雅皆以政事之大小爲先後故首之以征伐田獵次之以官人又次之以宮室畜牧而美刺不與也

無羊四章章八句

節南山家父刺幽王也

家父周大夫也

節彼南山維石巖巖赫赫師尹民具爾瞻憂心如惔不敢戲談國既卒斬何用不監

節高峻貌也師太師也尹尹氏也惔燔也卒滅也斬絕也監視也民之視尹氏如視南山言無不見也見之者皆爲之憂心如燔特畏其威而不敢言然尹氏卒不知國之將亡至於滅絕而猶不察也

節彼南山有實其猗赫赫師尹不平謂何天方薦瘥喪亂弘多民言無嘉憯莫懲嗟

山之實草木是也薦重也瘥病也憯曾也山之生物其氣平均如一凡生于其上者無不猗猗其長也尹氏秉國之均而不平其心則人之榮瘁勞佚有大相絕者矣是以神怒而重之以喪亂人怨而謗讟其上

然尹氏曾不懲創咨嗟求所以自改也
尹氏太師維周之氐秉國之均四方是維天子是毗俾
民不迷不弔昊天不宜空我師
氐本也毗輔也弔愍也空窮也師衆也尹氏居高任
重而不享天心苟昊天之所不愍則尹氏宜有罪矣
而曷爲又窮我衆人哉
弗躬弗親庶民弗信弗問弗仕勿罔君子式夷式已無
小人殆瑣瑣姻婭則無膴仕
仕察也罔欺也夷平也已止也殆危也膴厚也不身
蹈之而欲民之信之民不女信也不知而不問不審

而不察欲以欺之曰吾則能之君子亦不可欺也曷不試乎爾心而止爾不善無使爲小人之所危乎凡姻婭之人而必皆膴仕則小人進矣

昊天不傭降此鞠訩昊天不惠降此大戾君子如屆俾民心闋君子如夷惡怒是違

傭常也鞠盈也訩訟也惠順也屆止也闋息也違遠也以爲昊天不常而降此謗訟歟非也君子如止其爭心則爲訟者之心闋矣以爲昊天不順而降此乖戾歟非也君子苟平其心則惡怒者遠矣

不弔昊天亂靡有定式月斯生俾民不寧憂心如酲誰

秉國成不自爲政卒勞百姓
病酒曰醒成平也天不之恤故亂未有所止禍患之生與歲月增長君子憂之曰誰秉國成者而不務人人自治其政皆轉以相付其卒使民爲之受其勞弊而後已
駕彼四牡四牡項領我瞻四方蹙蹙靡所騁
畜馬者求其行也今雖有四牡徒好其項領而不爲用非不能行也曰我觀四方蹙蹙褊小無所施吾騁矣蓋言小人在上雖有賢者而莫能容無有爲之用者也

方茂爾惡相爾矛矣既夷既懌如相醻矣

茂勉也相視也方其勉於爲惡也如將相賊者視其矛矣及其解也如相與醻酢者小人喜怒之不可期如此是以君子不忍立于其側也

昊天不平我王不寧不懲其心覆怨其正

昊天不平尹氏之爲故使王不獲安然尹氏猶不自懲乃反怨人之正已者言其爲惡無有已也

家父作誦以究王訩式訛爾心以畜萬邦

究窮也訛化也畜養也家父作此詩窮王之所以致天下之謗訟者曰由尹氏不平之故故使之改其心

以舍養天下以觀其治否

節南山十章六章八句四章四句

正月大夫刺幽王也

正月繁霜我心憂傷民之訛言亦孔之將念我獨兮憂心京京哀我小心癙憂以痒

正月夏之四月也將大也京京憂不去也癙痒皆病也四月純陽用事而繁霜降大夫憂之以為此王聽用訛言之罰也訛言之害大矣然衆不以為憂也獨我憂之而已

父母生我胡俾我瘉不自我先不自我後好言自口莠

言自口憂心愈愈是以有侮

瘉病也莠不實也小人傾詐外爲美言以欺世內爲僞言以害君子反覆無愧使我憂心愈愈日以益甚而反以侮我曰何至是

憂心惸惸念我無祿民之無辜幷其臣僕哀我人斯于何從祿瞻烏爰止于誰之屋

惸惸獨憂也祿福也幽王刑殺無辜而幷及其臣僕君子知人之不堪命故告之曰王視烏之所止者誰之屋歟有以飲食而無畢弋之患烏之所止也柰何以刑御民使無所措手足哉

瞻彼中林侯薪侯蒸民今方殆視天夢夢既克有定靡
人弗勝有皇上帝伊誰云憎
侯維也中林之木莫不摧毀而維薪蒸在焉其殘之
也甚矣幽王播其虐于天下大家世族散爲皁隸亦
猶是也民方在危殆之中視天夢夢若無能爲者不
知此天理之未定故也蓋天地之間陰陽相盪高下
相傾大小相使此治亂禍福之所從生也方其未定
何所不至及其既定人未有不爲天所勝者申包胥
曰人衆則勝天天定亦能勝人而老子以爲天網恢
恢疎而不失不然天豈有所憎而禍之耶適當其未

定故耳

謂山蓋卑爲岡爲陵民之訛言寧莫之懲召彼故老訊之占夢具曰予聖誰知烏之雌雄

人謂山之卑者爲岡陵而已意其不能有所險阻然岡陵未嘗不爲難也譬如訛言之人豈可以爲無害而莫之懲乎然王曾不以是爲慮老成之人徒召而訊之以占夢曰予既聖矣安所復問得失烏之雌雄形色無辨人莫能知之幽王君臣皆自謂聖人譬如烏之雌雄也或曰以山爲卑而爲岡陵于其上譬如讒人以人罪爲未足而又加之也

謂天蓋高不敢不局謂地蓋厚不敢不蹐維號斯言有
倫有脊哀今之人胡爲虺蜴
局曲也蹐重足也倫道也脊理也蜴蜥蜴也君子之
處于世小心畏愼未嘗敢肆天雖高不敢不局地雖
厚不敢不蹐畏其傷之也夫爲此言則過矣然亦有
倫理非妄言也哀今之人胡敢爲虺蜴之行曾無所
畏哉
瞻彼阪田有菀其特天之扤我如不我克彼求我則如
不我得執我仇仇亦不我力
扤動也仇仇偶也君子仕于亂世而困于羣小譬如

特苗之生于阪田風雨動之如恐不勝者故尤之曰
方其求我以爲法也如恐失我耳及與之終日相執
仇仇相偶曾不力用我也書曰凡人未見聖若不克
見聖旣見聖亦不克由聖

心之憂矣如或結之今玆之正胡然厲矣燎之方揚寧
或滅之赫赫宗周褒姒烕之

正政逼厲惡也褒國也姒姓也幽王之嬖后也烕亦
滅也

終其永懷又窘陰雨其車旣載乃弃爾輔載輸爾載將
伯助予無弃爾輔員于爾輻屢顧爾僕不輸爾載終踰

絶險曾是不意

・輔所以助輻者也輸墮也員益也幽王日爲淫虐譬
如行險而不知止者君子永思其終知其又將有大
難故曰又窘陰雨幽王不虞難之將至而棄賢臣焉
故曰乃棄爾輔君子求助于未危故難不至苟其載
之既墮而後號伯以助乎則無及矣故敎之以無棄
其輔益其輻顧其僕以求不墮其載告之而不信故
又曰終踰絶險曾是不意

魚在于沼亦匪克樂潛雖伏矣亦孔之炤憂心慘慘念
國之爲虐

君子立于衰亂之朝譬如魚之在沼非其所樂雖欲潛伏而無以自蔽矣

彼有旨酒又有嘉肴洽比其鄰昏姻孔云念我獨兮憂心慇慇

云旋也慇慇痛也小人以利相求故其鄰比昏姻相與膠固爲一而君子孑然無朋也

佌佌彼有屋蔌蔌方有穀民今之無祿天夭是椓哿矣富人哀此惸獨

佌佌小也蔌蔌陋也哿可也佌佌者有居蔌蔌者有祿小人得志之謂也民方無福故天之夭孽並出而

椓喪之富人猶可勝也惸獨甚矣

正月十三章八章章八句五章章六句

十月之交大夫刺幽王也

小雅無厲王之詩鄭氏以爲十月之交雨無正小旻小宛皆厲王之詩也毛公作詁訓傳而遷其第因改之耳其言此詩所以非幽王者曰師尹皇父不得並政褒姒豔妻不得偕寵番與鄭桓不得同位此其所挾以爲厲王者也使幽王之世師尹皇甫番與鄭桓先後在事褒姒以色居正位謂之豔妻其誰曰不可且漢之諸儒異師相攻甚于仇讎苟毛公誠改詩第

則他師將不肯信而韓詩之次與毛詩合此足以明其非厲王也

十月之交朔日辛卯日有食之亦孔之醜彼月而微此日而微今此下民亦孔之哀

日食天變之大者也然正陽之月古尤忌之夏之四月為純陽故謂之正月十月為純陰故謂之陽月純陽而食陽弱之甚也純陰而食陰壯之甚也交日月之交會也交當朔則日食然亦有交而不食者交而食陽微而陰乘之也交而不食陽盛而陰不能掩也故君子醜之大變既見君子知國之將亡國亡則民

首被其患是以哀之也
日月告凶不用其行四國無政不用其良彼月而食則
維其常此日而食于何不臧
行道也
爗爗震電不寧不令百川沸騰山冢崒崩高岸爲谷深
谷爲陵哀今之人胡憯莫懲
令善也山頂曰冢崒崔嵬也
皇父卿士番維司徒家伯爲宰仲允膳夫棸子內史蹶
維趣馬楀維師氏豔妻煽方處
皇父家伯仲允皆字番棸蹶楀皆氏豔妻褒姒也煽

熾也七人者皆褒姒之黨故極其熾而並處於位然六人各有常官而皇父兼擅羣職故以卿士目之周禮有太宰小宰宰夫家伯維宰未詳何宰也

抑此皇父豈曰不時胡爲我作不卽我謀徹我牆屋田卒汙萊曰予不戕禮則然矣

時是也下荒則汙上荒則萊戕殘也皇父不知爲政然未嘗自謂我不是也作而害民民怨之矣然猶曰予未嘗殘民禮則當然矣

皇父孔聖作都于向擇三有事亶侯多藏不慭遺一老俾守我王擇有車馬以居徂向

向皇父邑也亶信也侯維也慭强也皇父自謂聖矣
然其建國而擇三卿信維多藏之人耳以卿士出封
而周之老與其富民無不從者言慭而且貪也民富
者乃有車馬耳
黽勉從事不敢告勞無罪無辜讒口囂囂下民之孽匪
降自天噂沓背憎職競由人
囂囂衆也噂聚也沓重復也職專也競力也無罪猶
且見讒而況敢告勞乎故曰下民之孽非天之所爲
也噂噂沓沓多言以相說而背相憎專力爲此者人
也而豈天哉

悠悠我里亦孔之痗四方有羨我獨居憂民莫不逸我獨不敢休天命不徹我不敢傚我友自逸

里居也痗病也羨餘也徹通也天命之不通我知之矣然而不敢効其友之自逸所謂知其不可而爲之者也

十月之交八章章八句

雨無正大夫刺幽王也

浩浩昊天不駿其德降喪饑饉斬伐四國昊天疾威弗慮弗圖舍彼有罪既伏其辜若此無罪淪胥以鋪

駿長也舍置也淪陷也胥相也鋪徧也幽王之亂民

之無罪而被禍災者無所歸咎曰天實爲之天之生物浩然其若無窮者奈何不長其德既已生之而又降喪亂饑饉以斬伐之哉豈天怒之迅烈曾弗之應而弗之圖乎彼有罪者則既伏其辜矣置而弗疑可也若此無罪而使之相與陷溺無不徧焉何也此其所以爲雨無正也雨之至也不擇善惡而雨焉幽王之世民之受禍者如受雨之無不被也夫雨豈嘗有所正雨哉此所以爲雨無正也而毛氏不達故序以爲雨自上下者也衆多如雨而非所以爲政此則是詩之所不及也

周宗旣滅靡所止戾正大夫離居莫知我勩三事大夫
莫肯夙夜邦君諸侯莫肯朝夕庶曰式臧覆出爲惡
周宗姬姓之宗也正大夫大夫之爲官長者也三事
大夫三公也戾定也勩勞也幽王暴虐無親宗族破
滅大夫離散獨三公諸侯在耳而亦無肯勤王者君
子曰庶幾王以是懼而爲善然反益爲惡而不知已
如何昊天辟言不信如彼行邁則靡所臻凡百君子各
敬爾身胡不相畏不畏于天
辟法也幽王曰益不悛君子呼天而告之曰柰何哉
法度之言王終莫肯信者如人恣行而忘反我不知

其所至矣既已憂之則又告其羣臣使皆敬其身庶幾輔之者衆王猶可得免耳

戎成不退饑成不遂曾我暬御慘慘日瘁凡百君子莫肯用訊聽言則答譖言則退

戎兵也遂進也易曰不能退不能遂暬御侍御也幽王凌虐天下君子知其將有兵難故憂之曰苟兵難既成王雖欲退而休之不可得矣兵連而不解民且不能稼則又將有饑患饑患既成王雖欲進而攘之亦不可得矣此勢之所不免而禍之必至者也然獨其侍御之臣憂之耳羣臣莫以告王者徒告之以道

聽之言而求其答之譖愬之言而求其退之耳

哀哉不能言匪舌是出維躬是瘁哿矣能言巧言如流俾躬處休○

言之忠者世之所謂不能言也哿可也常可人意者佞人之言也此世所謂能言也

維曰于仕孔棘且殆云不可使得罪于天子亦云可使怨及朋友

于往也人皆曰往仕耳曾不知仕之急且危也何者幽王之世直道者王之所謂不可使而枉道者王之所謂可使也直道者得罪于君而枉道者見怨于友

此仕之所以難也

謂爾遷于王都曰予未有室家鼠思泣血無言不疾昔

爾出居誰從作爾室

仕之多患也故君子有去者有居者居者不忍王之

無臣與已之無徒也則告之使復遷于王都去者不

聽而以無家辭之居者于是憂思泣血患其出言而

舉皆疾之無與和之者故詰之曰昔爾之去也誰爲

爾作室者而今以是辭我哉

雨無正七章二章十句二章八句三章六句

小旻之什

小旻大夫刺幽王也

小旻小宛小弁小明四詩皆以小名篇所以別其爲小雅也其在小雅者謂之小故其在大雅者謂之召旻大明獨宛弁闕焉意者孔子删之矣雖去其大而其小者猶謂之小蓋卽用其舊也

旻天疾威敷于下土謀猶回遹何日斯沮謀臧不從不臧覆用我視謀猶亦孔之邛

敷布也回邪也遹辟也沮止也邛病也言天禍迅烈遍于下矣而王之邪謀終莫之改也

潝潝訿訿亦孔之哀謀之其臧則具是違謀之不臧則

具是依我視謀猶伊于胡底
潝潝言相和也訿訿言相詆也底至也伊于胡底未
有所定也
我龜既厭不我告猶謀夫孔多是用不集發言盈庭誰
敢執其咎如匪行邁謀是用不得於道
卜筮數故龜瀆而不告謀者多無斷而行之者故其
功不成故曰謀之在多斷之在獨盈庭皆言尚誰敢
指其是非者哉譬如欲行而不先為行邁之謀隨人
而妄行是以終不得其道
哀哉為猶匪先民是程匪大猶是經維邇言是聽維邇

言是爭如彼築室于道謀是用不潰于成

程法也經常也潰遂也築室于道而與行道之人謀之人心不同而皆聽焉是以不能遂成也

國雖靡止或聖或否民雖靡膴或哲或謀或肅或艾如彼泉流無淪胥以敗

止定也政淫則民德無所定膴大也肅又哲謀聖五者書之五事也雖世亂民辟猶有賢者在焉苟能用之愚者可賴以皆濟也苟廢而不用而使愚者壅之於上則相與皆敗無能為矣譬如泉水苟疏而流之則淤腐者從之而行苟不疏其源而瀦畜之雖其流

者亦相與陷溺腐敗而已矣

不敢暴虎不敢馮河人知其一莫知其他戰戰兢兢如臨深淵如履薄冰

徒搏曰暴虎徒涉曰馮河小人智慮不能及遠暴虎馮河之患近在目前則知避之喪國亡家之禍遠在歲月而不知憂也故曰戰戰兢兢如臨深淵如履薄冰臨淵恐墜而履冰恐陷善爲國者常如是矣

小旻六章三章章八句三章章七句

小宛大夫刺幽王也

宛彼鳴鳩翰飛戾天我心憂傷念昔先人明發不寐有

懷二人

宛小貌也翰羽也戾至也明發旦也二人文武也宛然鳴鳩而求戾天難矣小人而責其繼文武之功亦難矣是故君子憂傷而念其先王有懷文武哀其業之將墜也

人之齊聖飲酒溫克彼昏不知一醉日富各敬爾儀天命不又

齊正也克勝也彼昏斥幽王也又復也天命之去人不復反也

中原有菽庶民采之螟蛉有子蜾蠃負之教誨爾子式

穀似之

菽藿也螟蛉桑虫也蜾蠃蒲盧也菽生中原民無有不獲采者螟蛉之子蜾蠃負之以爲巳子無難也今王豈以天下之衆爲王有邪亦將有取而教誨之者矣

題彼脊令載飛載鳴我日斯邁而月斯征夙興夜寐無忝爾所生

題視也脊令飛鳴不能自舍君子之勤于事不舍日月者以自況也故告王以夙夜勉强庶幾不忝其父祖

交交桑扈率場啄粟哀我塡寡宜岸宜獄握粟出卜自何能穀

桑扈竊脂也率循也塡盡也岸亦獄也卜予也或曰卜之言試也君子之不爲不義出于其性猶竊脂之不食粟雖欲食而不可得也特以其居于亂世而塡盡寡弱無以行賂則其陷于岸獄也固宜曷不握粟而往試之彼桑扈何自能食穀哉

溫溫恭人如集于木惴惴小心如臨于谷戰戰兢兢如履薄冰

此君子遭亂憂懼之辭也

小宛六章章六句

小弁刺幽王也

毛詩之敘曰太子之傅作焉

弁彼鸒斯歸飛提提民莫不穀我獨于罹何辜于天我罪伊何心之憂矣云如之何

弁樂也鸒卑居卑居雅烏也雅烏小而好羣提提羣貌也穀養也罹憂也幽王娶于申生太子宜臼又愛褒姒生子伯服立以爲后而放宜臼將殺之鳥猶不失其類民猶莫不相養而太子獨不容于王曾彼之不若是以號天而訴之也

踧踧周道鞫爲茂草我心憂傷惄焉如擣假寐永歎維
憂用老心之憂矣疢如疾首

踧踧平易也周道之道道之平者也鞫窮也夫婦之
相安父子之相愛亦天下之所共由今獨廢而不行
故其憂之深也惄思也疢病也

維桑與梓必恭敬止靡瞻匪父靡依匪母不屬于毛不
離于裏天之生我我辰安在

屬離皆附也辰日月所會也桑梓久而不斃見父母
之所植猶不敢不敬況于父母之無不瞻依也哉然
父母之不我愛豈我獨無所離屬乎不然我生之辰

不善哉何不祥至是也
菀彼柳斯鳴蜩嘒嘒有漼者淵萑葦淠淠譬彼舟流不
知所屆心之憂矣不遑假寐
蜩蟬也嘒嘒聲也漼深貌也淠淠多也柳茂則多蟬
淵深則多萑葦言物之大者無所不容而王獨不容其
子使漂然如無繫之舟不知其所極也
鹿斯之奔維足伎伎雉之朝雊尚求其雌譬彼壞木疾
用無枝心之憂矣寧莫之知
伎伎舒也雊鳴也鹿走而留其羣雉鳴而求其雌物
無不有恩于其親者親之不可去非獨以其愛亦以

其助也今王獨弃后而逐太子兀然如壞木之無枝
而曾莫之顧何也

相彼投兔尚或先之行有死人尚或墐之君子秉心維
其忍之心之憂矣涕既隕之

相視也投掩也先先投者而覺之也行道也墐瘗也
君子幽王也

君子信讒如或醻之君子不惠不舒究之伐木掎矣析
薪扡矣舍彼有罪予之佗矣

太子失愛於幽王有讒之者則受而行之不復徐究
如獻酬之無不受也伐木者掎其顛析薪者隨其理

猶不欲其擢敗今王之遇太子曾伐木析薪之不若

太子無罪而妄加之也佗加也

莫高匪山莫浚匪泉君子無易由言耳屬于垣無逝我梁無發我笱我躬不閱皇恤我後

浚深也由從也山高矣而人猶登之泉深矣而人猶入之今王輕用讒言豈謂人莫獲知之歟將有屬耳于垣而聽之者矣既以此告王又恐褒似伯服之害其成業故告之以無敗梁笱猶谷風之義也

小弁八章章八句

巧言刺幽王也

悠悠昊天曰父母且無罪無辜亂如此憮昊天已威予慎無罪昊天泰憮予慎無辜

憮大也已泰皆慎也慎謹也君子困于讒人故訴之于天曰天之于人若父母然今我無罪而遭此大亂何也政已甚虐矣亂已甚大矣予無罪而天不弔何也

亂之初生僭始既涵亂之又生君子信讒君子如怒亂庶遄沮君子如祉亂庶遄已

僭不信也涵容也祉福也遄疾也沮止也小人為讒于其君必以漸入之其始也進而嘗之君容之而不

拒知言之無忌于是復進旣而君信之然後亂成君
子以爲不幸而至此矣若人君一日覺悟大有所誅
賞如楚莊齊威之事則亂猶庶幾可止也小毖之頌
曰予其懲而毖後患莫予荓蜂自求辛螫成王周公
之釁比王之悟亦嘗有所誅戮也哉
君子屢盟亂是用長君子信盜亂是用暴盜言孔甘亂
是用餤匪其止共維王之卭
春秋之際君臣相疑則盟讒人搆其君臣利在不究
其實君遂從之而徒以盟誓相要此亂之所以日長
也盜者伏而得之之謂也讒人之誣君子曰吾能得

其隱衆莫知也而君遂信之此小人之所以恣行也
餤進也讒人之言必有以悅人者人君而味于甘言
此小人之所以獲進也止職也邛病也言小人不守
其位維爲讒以病王也

奕奕寢廟君子作之秩秩大猷聖人莫之他人有心予
忖度之躍躍毚兔遇犬獲之

奕奕大也秩秩有序也莫定也毚狡兔也奕奕寢廟
天下之正居也秩秩大猷天下之達道也居天下之
正居行天下之達道也人之心可得而度也雖有毚
兔行于隱伏將有爲我獲之而至者苟守吾正則天

下之情畢見于前矣安用旁窺而竊伺之以讒人爲
已耳目哉

荏染柔木君子樹之往來行言心焉數之蛇蛇碩言出
自口矣巧言如簧顏之厚矣

木之可採者君子樹之言之可行者君子麋之往可
行也來不可行也君子不用也來可行也往不可行
也君子不由也今小人蛇蛇然徐爲大言徒出于其
口而已中無有也巧言如簧顏雖甚厚其中未必不
愧也

彼何人斯居河之麋無拳無勇職爲亂階既微且尰爾

勇伊何爲猶將多爾居徒幾何

時有是人也水草之交曰麋拳力也骭瘍爲微腫足爲尰猶謀也將大也其謀既大且多其徒幾何而能然哉

巧言六章章八句

何人斯蘇公刺暴公也

彼何人斯其心孔艱胡逝我梁不入我門伊誰云從維暴之云

艱險也梁橋也暴公爲卿士而譖蘇公蘇公之友有與僭譖之者從公以過蘇公而不入見故弃譏之此

詩王言何人而目刺暴公者譖出于暴公而何人與焉以暴公爲不足刺而刺何人則亦所以刺暴公也

二人從行誰爲此禍胡逝我梁不入唁我始者不如今云不我可

始謂我可而今謂我不可也

彼何人斯胡逝我陳我聞其聲不見其身不愧于人不畏于天

陳堂塗也

彼何人斯其爲飄風胡不自北胡不自南胡逝我梁祇攪我心

飄風暴風言其去之速也

爾之安行亦不遑舍爾之亟行遑脂爾車壹者之來云何其盱

盱病也安行則當止舍速行則不暇脂車矣反覆究之而不得其情故曰一來見我于女何病哉

爾還而入我心易也還而不入否難知也壹者之來俾我祇也

易悅也祇安也

伯氏吹壎仲氏吹篪及爾如貫諒不我知出此三物以詛爾斯

土曰壎竹曰篪與女義如兄弟和如壎篪勢相次比
如物之在貫女豈誠不我知而譖我哉苟誠不我知
也則出犬豕雞三物以詛之可也
爲鬼爲蜮則不我得有靦面目視人罔極作此好歌以
極反側
蜮短狐也靦姡也姡醜也鬼蜮皆能隂害人而不可
見今與女相視無窮柰何爲此禍哉
何人斯八章章六句
巷伯刺幽王也
巷伯寺人也

萋兮斐兮成是貝錦彼譖人者亦已太甚

萋菲文相錯也貝錦錦之貝文者也讒人之構君子其所以集成其罪者猶織者縷縷相錯以成爲錦也

哆兮侈兮成是南箕彼譖人者誰適與謀

哆侈皆張也南箕非箕也因其有是形而命之耳讒人之誣君子亦必因其近似而遂名之斯人自謂辟嫌之不審也

緝緝翩翩謀欲譖人愼爾言也謂爾不信

緝緝翩翩多言貌也君子相告以愼言恐讒人誣之以不信也

捷捷幡幡謀欲譖言豈不爾受既其女遷

捷捷幡幡亦多言貌也遷徙也與讒人處苟與之誠言夫豈不受哉既而徙之以告人耳

驕人好好勞人草草蒼天蒼天視彼驕人矜此勞人

好好樂也草草憂也

彼譖人者誰適與謀取彼譖人投畀豺虎豺虎不食投畀有北有北不受投畀有昊楊園之道猗于畝丘寺人孟子作爲此詩凡百君子敬而聽之

楊園園名也畝丘丘名也猗加也作起也將之楊園其道必從畝丘以言讒人欲譖大臣亦自小臣始是

以孟子起爲此詩以告君子使皆聽之以自防也

巷伯七章四章四句一章五句一章八句一章
六句

谷風刺幽王也

習習谷風維風及雨將恐將懼維予與女將安將樂女
轉棄予

風雨之相須猶朋友之相濟幽王之世天下俗薄朋
友窮達相棄故以刺焉

習習谷風維風及頹將恐將懼寘予于懷將安將樂棄
予如遺

頹風之焚輪者風薄相扶而上亦猶朋友之相將也

習習谷風維山崔嵬無草不死無木不萎忘我大德思我小怨

習習之風草木之所以生也崔嵬之山草木之所以養也然不能使草不死木不萎者天地之功猶有所不足柰何忘我大德而猶思我小怨哉

谷風三章章六句

蓼莪刺幽王也

蓼蓼者莪匪莪伊蒿哀哀父母生我劬勞

蓼蓼長大貌莪蘿蒿也蘿蒿可食而蒿不可食采莪

者將以食之譬如生子者將賴其養也幽王之世孝
子行役而遭喪哀其父母生巳之勞而養不終如采
莪者之得蒿也
蓼蓼者莪匪莪伊蔚哀哀父母生我勞瘁
蔚牡菣也
缾之罄矣維罍之耻鮮民之生不如死之久矣
缾小而罍大使缾至于罄者罍之耻也使民至于窮
而無告者亦上之耻也鮮善也人皆以生爲善孝子
之不獲終養者以爲不如死也
無父何怙無母何恃出則銜恤入則靡至

恤憂也入而不見則若無所至也

父兮生我母兮鞠我拊我畜我長我育我顧我復我出入腹我欲報之德昊天罔極

鞠養也腹厚也

南山烈烈飄風發發民莫不穀我獨何害南山律律飄風弗弗民莫不穀我獨不卒

虐政之病人如大寒之視南山而聞飄風烈烈律律其可惡也發發弗弗其可疾也穀養也卒終也

蓼莪六章四章四句二章八句

大東刺亂也

毛詩之敘曰譚大夫之所作也

有饛簋飧有捄棘匕周道如砥其直如矢君子所履小人所視睠言顧之潸焉出涕

饛滿也飧熟食也捄長也棘匕所以載鼎實也幽王不恤諸侯賦役繁重下國困竭君子思先王之世諸侯富足其簋之飧饛然其鼎之匕捄然當是時也周之所以取於諸侯者平均正直凡今之君子猶及行之小人猶及見之至于幽王而遂不然是以顧之而出涕也

小東大東杼柚其空糾糾葛屨可以履霜佻佻公子行

彼周行旣往旣來使我心疚

糾糾疏貌也佻佻獨行也旣盡也自周視諸侯皆東也小大皆取于東東人之杼軸空矣然周人猶莫之恤曰猶有葛屨則可使履霜矣猶有公子則可使行于周道矣公子國之貴也于是則盡竭其所有以往盡輸之以來而中心病之也

有冽沈泉無浸穫薪契契寤歎哀我憚人薪是穫薪尚可載也哀我憚人亦可息也

冽寒也側出曰沈泉穫艾也契契憂苦也憚亦作癉勞也薪巳艾矣而復浸之則腐民巳勞矣而復事之

則病故已艾則庶其載而畜之已勞則庶其息而安
之

東人之子職勞不來西人之子粲粲衣服

來勞來也言勞佚之不平也

舟人之子熊羆是裘私人之子百僚是試

舟人水居而服熊羆之裘所服非其所有也私人無
籍于王室而試百官所事非其所職也言紀綱敗壞
無不失其舊也

或以其酒不以其漿鞙鞙佩璲不以其長

有醉于其酒者有不得其漿者然其所厚未必賢也

故曰雖則佩玉盛服而非其長過人也鞙鞙佩玉貌也璲瑞也

維天有漢監亦有光跂彼織女終日七襄雖則七襄不成報章睆彼牽牛不以服箱東有啓明西有長庚有捄天畢載施之行維南有箕不可以簸揚維北有斗不可以挹酒漿維南有箕載翕其舌維北有斗西柄之揭

君子告窮而不敢正言故爲隱焉而使自察之其言王雖在上而無能明者則曰維天有漢監亦有光監視也言東人空其杼軸而輸之王王曾無以報之則曰跂彼織女終日七襄雖則七襄不成報章跂隅貌

也襄駕也自旦至暮七辰辰一移此所謂七駕也人之織也其緯往而復反此所謂報章也星之駕也西而不東此所謂不成報章也言東人盡其車牛以輸其織貢勞瘁于道路則曰睆彼牽牛不以服箱以爲維是獲兔耳睆明也牽牛河鼓也服較也箱兩較間也言王之百役皆取于東則曰東有啓明西有長庚啓明長庚皆太白也言東人飲食既竭雖有其器而無所用之則曰有捄天畢載施之行畢所以掩捕鳥獸也言其器雖在而皆已破瘁則曰維南有箕不可以簸揚維北有斗不可以挹酒漿言徒有其器而無

其實則曰維南有箕載翕其舌翕合也有箕而合其
舌無所揚也言東人勞苦而爲之西人暇豫而取之
則曰維北有斗西柄之揭斗雖北之有也而西實揭
其柄柄者所操以取也

大東七章章八句

四月大夫刺幽王也

四月維夏六月徂暑先祖匪人胡寧忍予

徂往也四月始夏而六月暑遂往矣言周之治世未
幾而亂作也是以君子自傷生于亂世曰先祖非人
哉而忍生我于是此所謂窮則反本浩浩昊天不駿

其德先祖匪人胡寧忍予一也皆無所歸怨之辭也
其實以爲非其罪也
秋日淒淒百卉具腓亂離瘼矣奚其適歸冬日烈烈飄
風發發民莫不穀我獨何害
腓瘼皆病也夏既徂矣則秋風至而百草病先王既
没民被幽王之患有亂離之病矣而未知其終所適
歸者故繼之曰冬日烈烈飄飄發發言其未必至是
也
山有嘉卉侯栗侯梅廢爲殘賊莫知其尤
梅栗有實之木也人以其有實也朝夕取焉是以廢

為殘賊而莫知其所以獲罪言幽王暴虐而剝下下無完民也

相彼泉水載清載濁我日構禍曷云能穀滔滔江漢南國之紀盡瘁以仕寧莫我有

一泉之水無以紀之則清濁不可常矣幽王失道諸侯放恣天下治亂莫能相一亦猶是也夫欲治是也必先自治今我日構亂而安能善彼哉是以思得王者以紀諸侯如江漢之紀衆水使天下國有所宗而人有所賴盡瘁以仕而上有有之者

匪鶉匪鳶翰飛戾天匪鱣匪鮪潛逃于淵山有蕨薇隰

有杞椇君子作歌維以告哀

鶉鵰也椇或作萸幽王之亂天下逃散非鶉非鳶而高飛非鱣非鮪而深潛故大夫有退而食蕨薇甘杞椇以免于禍者作此詩以告其哀憐天下之志非以爲其身也

四月八章章四句

頴濱先生詩集傳卷第十一終

頴濵先生詩集傳卷第十二

北山之什　小雅

北山大夫刺幽王也

陟彼北山言采其杞偕偕士子朝夕從事王事靡盬憂我父母

此說與杕杜同偕偕强壯貌

溥天之下莫非王土率土之濵莫非王臣大夫不均我從事獨賢

賢過人也

四牡彭彭王事傍傍嘉我未老鮮我方將旅力方剛經

營四方

嘉鮮皆善也將壯也

或燕燕居息或盡瘁事國或息偃在牀或不已于行或不知叫號或慘慘劬勞或棲遲偃仰或王事鞅掌

鞅掌失容也

或湛樂飲酒或慘慘畏咎或出入風議或靡事不爲

北山六章三章章六句三章章四句

無將大車大夫悔將小人也

無將大車祇自塵兮無思百憂祇自疧兮

大車牛車也疧病也將大車則塵汙之思百憂則病

及之譬如任小人者患及其身亦不可逃也

無將大車維塵冥冥無思百憂不出于熲

熲光也

無將大車維塵雝兮無思百憂祇自重兮

雝蔽也重累也

無將大車三章章四句

小明大夫悔仕于亂世也

明明上天照臨下土我征徂西至于艽野二月初吉載

離寒暑心之憂矣其毒大苦念彼共人涕零如雨豈不

懷歸畏此罪罟

大夫行役久勞而不息故稱天之無不照臨言臣下
無賢勞而不察者也艽地名也初吉朔日也行始于
二月而載離寒暑則冬〻矣是以思有共德之人而事
之

昔我往矣日月方除曷云其還歲聿云莫念我獨兮我
事孔庶心之憂矣憚我不暇念彼共人睠睠懷顧豈不
懷歸畏此譴怒

除除陳生新也憚勞也

昔我往矣日月方奧曷云其還政事愈蹙歲聿云莫采
蕭穫菽心之憂矣自詒伊戚念彼共人興言出宿豈不

懷歸畏此反覆
與㷀也出宿不安寢也
嗟爾君子無恒安處靖共爾位正直是與神之聽之式
穀以女
穀善也有久勞于外則必有久安于內者矣故告之
使無以安處爲常靖共其位而與正直庶乎神之聽
之而以女爲善也
嗟爾君子無恒安息靖共爾位好是正直神之聽之介
爾景福
小明五章三章十二句二章六句

鼓鍾刺幽王也

鼓鍾將將淮水湯湯憂心且傷淑人君子懷允不忘

幽王作樂於淮上而人疾之故思古之君子焉

鼓鍾喈喈淮水湝湝憂心且悲淑人君子其德不回鼓鍾伐鼛淮有三洲憂心且妯淑人君子其德不猶

始言湯湯水盛也中言湝湝水流也終言三洲水落而洲見也言幽王之久於淮上也鼛大鼓也妯動也不猶不若也不若幽王也

鼓鍾欽欽鼓瑟鼓琴笙磬同音以雅以南以籥不僭

欽欽鍾聲也將作樂則鼓鍾所謂金奏也琴瑟在堂

笙磬在下同音言其和也雅二雅也南二南也幽王之世風有二南而已故播此二詩於籥言幽王之不德豈其樂非古歟樂則是矣而人則非也

鼓鍾四章章五句

楚茨刺幽王也

楚楚者茨言抽其棘自昔何爲我蓺黍稷我黍與與我稷翼翼我倉既盈我庾維億以爲酒食以享以祀以妥以侑以介景福

抽除也與與翼翼蕃也露積曰庾十萬曰億妥安也侑勸也介助也楚茨傷今而思古之詩也故稱古之

人去其茨棘以蓺黍稷以實倉廩以爲酒食以享先祖于其享也主人拜尸而安之祝勸尸而食之所以事之無不至者故于餘章詳言之凡詳言之者皆思而不得見之辭也

濟濟蹌蹌潔爾牛羊以往烝嘗或剝或亨或肆或將祝祭于祊祀事孔明先祖是皇神保是饗孝孫有慶報以介福萬壽無疆

濟濟蹌蹌言有容也剝解之也亨飪之也肆陳其骨體於俎也將奉持而進之也祊門內也孝子不知神之所在故使祝博求之門內其待賓客之處也於是

先祖大而安饗之報之以介福皇大也保安也介大
也
執爨踖踖爲俎孔碩或燔或炙君婦莫莫爲豆孔庶爲
賓爲客獻醻交錯禮儀卒度笑語卒獲神保是格報以
介福萬壽攸酢
爨饔爨廪爨也踖踖言有容也俎從獻之俎也燔燒
肉炙炙肝君婦王后也莫莫言淸靜而敬至也豆肉羞
庶羞也庶庶多也多爲之者以爲非特以享也將以祭
終而燕尸賓焉故及其燕也獻醻交錯而無不徧行
禮至卒而無非度笑語至卒而無不得言和而不亂

也古者於旅也語酢報也
我孔熯矣式禮莫愆工祝致告徂賚孝孫苾芬孝祀神
嗜飲食卜爾百福如幾如式既齊既稷既匡既敕永錫
爾極時萬時億
熯竭也禮行既久筋力竭矣而式禮莫愆敬之至也
善其事曰工苾苾芬芬香也卜予也幾期也春秋傳
曰易幾而哭式法也齊整也稷疾也匡正也敕戒也
極中也于是祭畢祝致神意以嘏主人曰爾飲食
芳潔故報爾以福祿使其來如幾其多如法爾禮容
莊敬故報爾以中和應萬物而不匱言各隨其事而

報之以其類也

禮儀既備鐘鼓既戒孝孫徂位工祝致告神具醉止皇尸載起鼓鐘送尸神保聿歸諸宰君婦廢徹不遲諸父兄弟備言燕私

於是禮備作鐘鼓以戒在位主人就位於堂下西面祝致主人之意告尸以利成尸遂起奏肆夏以送之諸宰徹饌后徹豆籩既畢歸賓客之俎而燕同姓所以尊賓客而親兄弟也

樂具入奏以綏後祿爾殽既將莫怨具慶既醉既飽小大稽首神嗜飲食使君壽考孔惠孔時維其盡之子子

孫孫勿替引之

後祿祭之餘福也將行也惠順也替廢也引長也祭畢而燕于寢則祭樂皆入以安其餘福殽羞既行兄弟無有怨者皆慶于君曰神乃歆嗜飲食將使君壽考既順且時兼盡而有之矣子孫尚能勿替而長行之

楚茨六章章十二句

信南山刺幽王也

信彼南山維禹甸之畇畇原隰曾孫田之我疆我理南東其畝

甸治也畇畇墾闢貌也曾孫成王也疆畫經界也理分土宜也禹治洪水而成王墾闢汙萊至幽王之世其迹皆在而王弗治故君子思古焉

上天同雲雨雪雰雰益之以霢霂既優既渥既霑既足生我百穀

霢霂小雨也言仁人在上則冬有積雪春而繼之以雨故百穀無不遂也

疆埸翼翼黍稷彧彧曾孫之穡以爲酒食畀我尸賓壽考萬年

埸畔也翼翼脩治也彧彧盛茂也歛稅曰穡畀予也

中田有廬疆埸有瓜是剝是菹獻之皇祖曾孫壽考受
天之祜

田中爲廬以便田事疆埸種瓜以盡地利瓜成剝削
淹漬爲菹而獻之所以盡四時之異物也

祭以清酒從以騂牡享于祖考執其鸞刀以啓其毛取
其血膋

清玄酒也酒鬱鬯五齊三酒也牲用騂牡周尚赤也
祭禮以鬱鬯降神然後迎牲而獻之以告肥也鸞刀
刀之有鸞者也毛以告純也血以告殺也取膟膋燔
燎以報陽也

是烝是享苾苾芬芬祀事孔明先祖是皇報以介福萬
壽無疆

烝進也

信南山六章章六句

甫田刺幽王也

倬彼甫田歲取十千我取其陳食我農人自古有年今
適南畝或耘或耔黍稷薿薿攸介攸止烝我髦士

倬明也甫大也歲取十千井田一成之數也九夫爲
井井稅一夫爲田百畝井十爲通通稅十夫爲田千
畝通十爲成成方千里其稅百夫爲田萬畝此所謂

十千也耘除草也耔雝本也薿薿盛也介助也烝進也髦俊也一成之田而歲取萬畝以爲國用又將取其陳積以時發歛以助農夫之乏困此自古有年之法不可廢者也是以親適南畝而視其耘耔助其勤力止其怠惰進其髦俊庶幾有年以遵古之成法所謂進其髦俊者如漢寵力田之類歟

以我齊明與我犧羊以社以方我田旣臧農夫之慶琴瑟擊鼓以御田祖以祈甘雨以介我黍稷以穀我士女

齊六穀也明潔也犧純色也秋成而祭社及四方報其功也周官仲秋獮田以祀方慶賜也農夫之慶旣

蜡而息農夫也御迎也田祖先嗇也孟春既郊而始
耕則祭之所以祈甘雨也周官祈年于田祖吹豳雅
擊土鼓穀養也
曾孫來止以其婦子饁彼南畝田畯至喜攘其左右嘗
其旨否禾易長畝終善且有曾孫不怒農夫克敏
攘取也禾易禾生樂易也長畝竟畝也敏疾也成王
之勞農也農夫以其婦子饋于南畝於是田畯至而
喜之取其左右之饋而嘗之以知其旨否民知成王
之勸于農事則盡力于禾其生竟畝如一庶幾終善
且有于是成王無所譴者曰農夫敏矣

曾孫之稼如茨如梁曾孫之庾如坻如京乃求千斯倉乃求萬斯箱黍稷稻粱農夫之慶報以介福萬壽無疆

茨言其多也梁言其積也古之稅法近者納總遠者納粟禾稼既積乃求千倉以處之萬車以載之黍稷稻粱言無所不有也

甫田四章章十句

大田刺幽王也

大田多稼既種既戒既備乃事以我覃耜俶載南畝播厥百穀既庭且碩曾孫是若

稼種也覃利也俶始也載事也庭直也若順也田大

而種多故於今歲之冬具來歲之種戒來歲之事凡
既備矣然後事之取其利耜而始有事於南畝既耕
而播之其耕之也勤而種之也時故其生者皆直而
大以順成王之所欲

既方既皁既堅既好不稂不莠去其螟螣及其蟊賊無
害我田稺田祖有神秉畀炎火

方孚而始房也皁實而未成也既堅則成矣既好則
美矣稂童梁也莠似苗者也食心曰螟食葉曰螣食
根曰蟊食節曰賊稺幼苗也仁人在上則虫蝗不作
民以爲田祖投之火耳

有渰萋萋興雨祁祁雨我公田遂及我私彼有不穫穉此有不斂穧彼有遺秉此有滯穗伊寡婦之利

渰雲興貌也萋萋雲行貌也祁祁徐也時雨既降斯民急其上先憂公田而後其私及其成也田有餘穀力不能盡故以有餘爲鰥寡之利穧鋪而未束者也秉把也

曾孫來止以其婦子饁彼南畝田畯至喜來方禋祀以其騂黑與其黍稷以享以祀以介景福

成王之來視其穫也則遂禋祀四方以報其成功騂黑南北之牲也蓋略言之耳

大田四章二章章八句二章章九句

瞻彼洛矣刺幽王也

瞻彼洛矣維水泱泱君子至止福祿如茨韎韐有奭以作六師

洛漆沮也泱泱深廣也茨蒺梨也韎韐士之韠也蓋染之以茅蒐奭赤貌也洛之水泱泱其無窮使洛愛其水無所澤萬物於洛無加也而物失其利洛維不愛其水故無損於洛而物蒙其益王者之有爵命猶洛之有水也古之王者以其無窮惠天下之諸侯以結其驩心故諸侯之除喪而未命也服其士服以朝

於王王遂命之使將六師焉傷今幽王愛其無窮以失天下之諸侯也

瞻彼洛矣維水泱泱君子至止鞞琫有珌君子萬年保其家室

鞞容刀也琫上飾珌下飾也此其所以錫諸侯也諸侯有王者之命乃能安其室家

瞻彼洛矣維水泱泱君子至止福祿既同君子萬年保其家邦

福祿既同言與諸侯共之也

瞻彼洛矣三章章六句

裳裳者華刺幽王也

毛詩之敘曰古之仕者世祿小人在位則讒諂並進棄賢者之類絶功臣之世原其所以爲是說者不過以詩之乘其四駱爲守其先人之祿位是以似之爲嗣其先祖其說蓋勞苦而不明如此至於小人讒諂則是詩之所無有是以知其爲曲說而不可信也

裳裳者華其葉湑兮我覯之子我心寫兮我心寫兮是以有譽處兮

裳裳猶堂堂也湑盛貌也君子內脩其身充滿而發於外人望見其容貌而知其君矣譬如堂堂之華而

附之以湑然之葉無有不善者也今幽王積其不義其發於外者儳然小人爾是以君子思見賢君以寫其憂然後樂處其朝也

裳裳者華芸其黃矣我覯之子維其有章矣維其有章矣是以有慶矣

黃色之正也芸黃之盛也有章有文也君子之有文粲然如華之盛也

裳裳者華或黃或白我覯之子乘其四駱乘其四駱六轡沃若

華之不黃也則亦白而已君子之不處也則亦行而

已處亦君子也行亦君子也故曰乘其四駱六轡沃
若言亦不失盛也傷今幽王之不善無所往而非不
義也
左之左之君子宜之右之右之君子有之維其有之是
以似之
君子左而宜其左右而有其右有者有者諸中也中誠
有之則其發於容貌者睟然其似之矣
裳裳者華四章章六句

頴濵先生詩集傳卷第十二終

頴濵先生詩集傳卷第十三

桑扈之什　小雅

桑扈刺幽王也

交交桑扈有鶯其羽君子樂胥受天之祜

鶯有文貌也胥辭也幽王直情而恣行無復禮文法度故思古之君子樂循禮義以受天福夫茍樂之則其爲之也安安則如固有之譬如桑扈之羽鶯然有文而不自知亦非其强之也

交交桑扈有鶯其領君子樂胥萬邦之屏

領頸也屏蔽也樂循禮義則足以屏萬邦矣

之屛之翰百辟爲憲不戢不難受福不那

翰榦也戢歛也那多也王者屛翰四方而爲諸侯法

苟不以禮自戢難而求肆情焉則亦不足以受多福

矣

兕觥其觩旨酒思柔彼交匪敖萬福來求

兕觥罰爵也旨酒之和柔而兕觥之設所以常自戢

難也

桑扈四章章四句

鴛鴦刺幽王也

鴛鴦于飛畢之羅之君子萬年福禄宜之鴛鴦在梁戢

其左翼君子萬年宜其遐福乘馬在廄摧之秣之君子萬年福祿艾之乘馬在廄秣之摧之君子萬年福祿綏之

鴛鴦匹鳥也方其止而取之則盡之矣故於其飛而取之惟俟其飛而後取故其在梁者戢翼而安也馬之在牧者無所用之則委之以摧其在廄者將用其力則加之以秣言君子之於物將用其死則不忍絕其類將用其力則不敢薄其養此天下所以願其萬年而享福祿也摧莝通秣粟也艾老也言以福祿終其身也

鴛鴦四章章四句

頍弁諸公刺幽王也

有頍者弁實維伊何爾酒既旨爾殽既嘉豈伊異人兄弟匪他蔦與女蘿施于松柏未見君子憂心奕奕既見君子庶幾說懌

頍弁貌也蔦寄生也女蘿兔絲也奕奕憂也彼所謂弁者實何物哉徒以人加之首而貴之耳今王豈謂我自貴而忽兄弟哉爾有旨酒嘉殽曷不與兄弟樂之也兄弟之於王譬如蔦與女蘿之託松柏耳不見則憂見則庶幾王樂之王柰何獨不顧哉

有頍者弁實維何期爾酒既旨爾殽既時豈伊異人兄弟具來蔦與女蘿施于松上未見君子憂心怲怲既見君子庶幾有臧

怲怲憂盛滿也

有頍者弁實維在首爾酒既旨爾殽既阜豈伊異人兄弟甥舅如彼雨雪先集維霰死喪無日無幾相見樂酒今夕君子維宴

雪將降而霰先之故不宴者誅滅之先也君子以是知死之無日相見之無幾無所復賴而相告曰苟今夕有酒也君子維以相宴而已不知其它矣知不可

得免之辭也

頍弁三章章十二句

車舝大夫刺幽王也

間關車之舝兮思變季女逝兮匪飢匪渴德音來括雖無好友式燕且喜

間關設舝也幽王嬖褒姒以亂政小人並進故君子思具車以逆賢女雖飢渴而不顧庶幾內有賢妃德音之士來會於朝雖無好友以事王姑以奉王燕喜之樂猶愈於小人也

依彼平林有集維鷮辰彼碩女令德來教式燕且譽好

爾無射

依茂貌也鷮雉也辰時也林平而無嶮則雉集之王者內無嬖后其心樂易則令德之士將來教之因以奉其燕樂好之終身而無厭

雖無旨酒式燕庶幾雖無嘉殽式食庶幾雖無德與女式歌且舞

恐賢女之不可必得故曰雖無旨酒嘉殽姑飲食焉可也雖無德以配王姑歌舞以樂之猶愈於褒姒之在側也

陟彼高岡析其柞薪析其柞薪其葉湑兮鮮我覯爾我

心寫兮
鮮善也陟高岡而析柞薪爲其葉之蔽也褒姒之蔽王猶柞薪耳今誠去之使我獲見王焉則吾憂心庶幾寫矣
高山仰止景行行止四牡騑騑六轡如琴覯爾新昏以慰我心
景大也褒姒之在王側君子無復得進者今誠去褒姒使我見王如仰高山景行得行焉則吾將具四牡調六轡以爲王聘賢女而致之以慰我心然則褒姒苟在雖有賢女而莫敢逆也

車舝五章章六句

青蠅大夫刺幽王也

營營青蠅止于樊豈弟君子無信讒言

營營往來貌也青蠅能變亂白黑故以比讒人焉樊

藩也止之於藩欲其遠也

營營青蠅止于棘讒人罔極交亂四國營營青蠅止于

榛讒人罔極構我二人

榛棘皆所以爲藩也

青蠅三章章四句

賓之初筵衛武公刺時也

賓之初筵左右秩秩籩豆有楚殽核維旅酒旣和旨飲酒孔偕鍾鼓旣設舉醻逸逸大侯旣抗弓矢斯張射夫旣同獻爾發功發彼有的以祈爾爵

楚楚脩潔也殽豆實也核加籩也桃梅之屬也旅陳也偕齊也逸逸往來次序也大侯君侯也的質也先王將祭必大射以擇士將射必先行燕禮旣安賓然後改縣以避射旣旅然後張侯及弓比其射夫而耦之旣耦然後拾發求勝以爵其不勝

籥舞笙鼓樂旣和奏烝衎烈祖以洽百禮百禮旣至有壬有林錫爾純嘏子孫其湛其湛曰樂各奏爾能賓載

手仇室人入又酌彼康爵以奏爾時
烝進也衎樂也洽合也百禮九州諸侯所獻以助祭者所謂庭實旅百也壬任也謂臣之任事者卿大夫是也林君也湛樂也載則也手取也仇敵也宗人宗室也又復也康安也此章言既射而祭既祭而燕於寢於其祭也先作樂以求諸陽故秉籥而舞舞者與笙鼓和應以進樂其祖考以合見其百禮其以禮至者非其諸侯則其卿大夫也於是神則嘏之以福使其子孫無不湛樂者祭既畢歸賓客之俎而留兄弟曰將燕樂於寢故祭樂皆入各奏其能以樂之其燕

也以異姓爲賓膳宰爲主人膳宰賓之敵也賓取其
敵以與宗室皆入於寢而又燕於是酌以安之而薦
之以時物

賓之初筵溫溫其恭其未醉止威儀反反曰既醉止威
儀幡幡舍其坐遷屢舞僊僊其未醉止威儀抑抑曰既
醉止威儀怭怭是曰既醉不知其秩

上二章言先王之正禮故此章言幽王之燕方其未
醉也其禮猶在爾及其既醉則不可知也反反顧禮
也幡幡輕數也抑抑愼密也怭怭媟嫚也

賓既醉止載號載呶亂我籩豆屢舞僛僛是曰既醉不

知其郵側弁之俄屢舞傞傞既醉而出並受其福醉而
不出是謂伐德飲酒孔嘉維其令儀
此章申言其亂而終誨之也僛僛不正也郵過也傞
傞不止也
凡此飲酒或醉或否既立之監或佐之史彼醉不臧不
醉反恥式勿從謂無俾大怠匪言勿言匪由勿語由醉
之言俾出童羖三爵不識矧敢多又
幽王與其下相尚以酒至有以不醉爲恥而强使醉
者故告之曰夫飲酒則必有醉者有否者爲醉者之
不善也是以既爲之監復爲之史以伺察之而乃反

以不醉爲耻哉蓋亦勿從而謂之使皆醉而益怠焉可也故告其醉者使慎其言語告其不醉者使勿從醉之言羖未有童者也俾出童羖深戒之也苟人知所所以自戒則雖三爵而有不敢者況又其多哉

賓之初筵五章章十四句

魚藻刺幽王也

魚在在藻有頒其首王在在鎬豈樂飲酒

魚何在亦在藻耳其所依者至薄也然其首頒然而大自以爲安不知人得而取之也今王亦在鎬耳寡恩無助天下將有圖之者而飲酒自樂恬於危亡之

禍亦如是魚也毛氏因在鎬之言故序此詩爲思武王以在藻頒首爲魚得其性蓋不識魚之在藻之有危意也

魚在在藻有莘其尾王在在鎬飲酒樂豈

莘長貌也

魚在在藻依于其蒲王在在鎬有那其居

那安也

魚藻三章章四句

采菽刺幽王也

采菽采菽筐之筥之君子來朝何錫予之雖無予之路

車乘馬又何予之玄衮及黼

采菽以爲藿物至微而用至薄矣然猶設筐筥以待之而況諸侯乎故先王於其來也錫之以車馬重之以衣服不敢忽也玄衮玄衣而衮龍也黼白黑雜也

觱沸檻泉言采其芹君子來朝言觀其旂其旂淠淠鸞聲嘒嘒載驂載駟君子所届

觱沸泉始洌也檻泉正出也觱沸之清泉吾將采其芹君子之來朝吾將觀其旂徒視其旂之淠淠而徐也其鸞之嘒嘒而和也吾以是知其有禮矣是以駕而往迎之於其所至言無所不禮也駕者既服而三

之曰驂四之曰駟

赤芾在股邪幅在下彼交匪紓天子所予樂只君子天子命之樂只君子福祿申之

赤芾蔽膝也邪幅偪也所以自偪束也紓緩也君子之所以自敕而交於人者如此則天子從而予之矣是以錫之命而申之以福祿

維柞之枝其葉蓬蓬樂只君子殿天子之邦樂只君子萬福攸同平平左右亦是率從

殿鎮也平平辯治也從由也柞之枝其葉尚無不蓬蓬者而況於天子殿邦之諸侯而可以無福祿乎諸

侯而有福祿然後能辯治以左右王室矣故曰亦是率從

汎汎楊舟紼纚維之樂只君子天子葵之樂只君子福祿膍之優哉游哉亦是戾矣

紼繂也纚緌也葵揆也膍厚也楊舟汎汎而無所定紼纚可以維而止之天下之諸侯撫之則懷弃之則去亦如舟之無定耳古之明王揆其所欲而厚之以福祿則無不至者今幽王安於佚樂而忽遺之則是亦戾王而已無復懷者矣

采菽五章章八句

角弓父兄刺幽王也

騂騂角弓翩其反矣兄弟婚姻無胥遠矣

弓之張也騂騂其調利捥之而體節皆應及其弛也翩然而反節自爲處其勢無以相及譬之如兄弟婚姻親之則合而疏之則離是以告之使無相遠也

爾之遠矣民胥然矣爾之教矣民胥傚矣

上之所爲下必有甚者故此詩言幽王之世王族怨望相病亦無有善者

此令兄弟綽綽有裕不令兄弟交相爲瘉

綽綽寬也裕饒也瘉病也

民之無良相怨一方受爵不讓至于已斯亡

民之相怨也以一方而已未嘗以自反也受爵而不讓者知尤之矣而至於已則忘其非此所謂一方也

老馬反爲駒不顧其後如食宜饇如酌孔取

饇飽也孔空也老馬必德其駒必强老馬不自謂老而任駒之任後將不勝而不顧譬如小人而任賢者之事不畏其後之不克也故告之曰譬如食者必以其宜爲飽之節譬如酌者必以其空爲取之節食而不以其腹之所宜止則病酌而不以其空之所容止則溢受爵而不以其量者亦猶是也

母教猱升木如塗塗附君子有徽猶小人與屬
猱猨屬也附木桴也猱之升木不教而能矣塗之塗附不力而堅矣王族之屬王不強而親矣特患徽猶之不立無以來之耳
雨雪瀌瀌見晛曰消莫肯下遺式居婁驕
晛日氣也遺下也雨雪之瀌瀌盛也見日而消矣王族之相怨毒王苟有意綏之亦釋然解矣今王曾莫下之居於其上而婁驕焉而何以化彼哉
雨雪浮浮見晛曰流如蠻如髦我是用憂
蠻南蠻也髦西夷也言王之視王族如蠻髦之不相

及也

角弓八章章四句

菀柳刺幽王也

有菀者柳不尚息焉上帝甚蹈無自暱焉俾予靖之後予極焉

菀茂也蹈動也暱近也靖治也極誅也君子之願庇於王譬如行道之人無不庶幾息於茂柳者徒以幽王暴虐神所不予天意動矣故相戒以無自暱近今雖使我爲治後將誅我不可知也

有菀者柳不尚愒焉上帝甚蹈無自瘵焉俾予靖之後

于邁焉

愒息也瘵病也邁行也行則放也

有鳥高飛亦傅于天彼人之心于何其臻曷予靖之居以凶矜

鳥之高飛亦傅于天則止今王之心不知其所至曾飛鳥之不若也曷爲使我治之而居我以凶危之地哉矜危也

菀柳三章章六句

頴濱先生詩集傳卷第十三終

潁濱先生詩集傳卷第十四

都人士之什　小雅

都人士周人刺衣服無常也

彼都人士狐裘黃黃其容不改出言有章行歸于周萬民所望

都美也都人士士之有美人之行者也周忠信也

彼都人士臺笠緇撮彼君子女綢直如髮我不見兮我心不說

臺夫須也其皮可以爲笠緇撮緇布冠也君子女女之有君子之行者也髮之爲物疏密如一而本末無

異有常之至也

彼都人士充耳琇實彼君子女謂之尹吉我不見兮我心苑結

充耳瑱也琇美石也實塞也吉姞也春秋傳曰姞吉人也尹氏姞氏周室昏姻之舊姓也人之見是女者皆以爲尹姞之女言其知禮也苑積也

彼都人士垂帶而厲彼君子女卷髮如蠆我不見兮言從之邁

厲帶之垂者也蠆螫蟲也其尾上卷

匪伊垂之帶則有餘匪伊卷之髮則有旟我不見兮云

何盱矣
旟揚也盱病也帶由其自餘而垂之髮由其自揚而
卷之言古之爲容者亦從其自然而非强之也
都人士五章章六句
采綠刺怨曠也
終朝采綠不盈一匊予髮曲局薄言歸沐
綠王芻也局卷也王芻易得之菜終朝采之而不盈
匊意不在所采也婦人夫不在無容飾故曰予髮曲
局矣庶幾君子之歸而沐之言其知怨思而已不知
義也

終朝采藍不盈一襜五日爲期六日不詹

藍染草也衣之前蔽曰襜詹至也五日爲期六日不至而怨之之言非所當怨也

之子于狩言韔其弓之子于釣言綸之繩

綸釣繳也田漁君子之所有事而婦人不與也今也狩則欲爲之韔弓釣則欲爲之綸繩言無節也

其釣維何維魴及鱮維魴及鱮薄言觀者

此章言其悅之無已故詠歌其釣之所獲於其獲也又將從而觀之

采綠四章章四句

黍苗刺幽王也

芃芃黍苗陰雨膏之悠悠南行召伯勞之

宣王國申伯于謝使召公往營之召公之勞行者猶
陰雨之膏黍苗哀今不能而思之也

我任我輦我車我牛我行既集蓋云歸哉

召公之營謝民有負任者有輓輦者有將車者有牽
傍牛者凡行者皆集於謝則召公告之以歸矣言不
久役也

我徒我御我師我旅我行既集蓋云歸處

五百人爲旅五旅爲師春秋傳曰君行師從卿行旅

從天子之卿視諸侯

肅肅謝功召伯營之烈烈征師召伯成之原隰既平泉流既清召伯有成王心則寧

土治曰平水治曰清

黍苗五章章四句

隰桑刺幽王也

隰桑有阿其葉有難既見君子其樂如何

君子之在下譬如桑之生於隰其長阿然其盛難然見者無不悅之故曰既見君子其樂如何

隰桑有阿其葉有沃既見君子云何不樂

沃柔也

隰桑有阿其葉有幽既見君子德音孔膠

幽黑色也膠固也

心乎愛矣遐不謂矣中心藏之何日忘之

苟吾心誠愛之君子豈遠我而不告哉苟吾心誠藏之何日而忘之哉吾之所以忘之心不藏也君子之所以不告吾不愛也

隰桑四章章四句

白華周人刺幽后也

幽后褒姒也

白華菅兮白茅束兮之子之遠俾我獨兮

白華野菅也已漚則爲菅取白華而漚之又束以白茅焉言表裏無不潔也今申后之脩如此幽王遠之而近褒姒使獨居焉何哉

英英白雲露彼菅茅天步艱難之子不猶

天步王者之所履也猶圖也菅茅之爲潔也至矣其生也白雲露之其所受以爲質可知也已有人如此而王獨棄之曾不圖天步之艱難非此人莫與其之也

滮池北流浸彼稻田嘯歌傷懷念彼碩人

滮流貌也豐鎬之間其水北流水之性未有不流於東南者也水流於東南則其所及者遠逆流而北則其所能浸者稻田而已不及遠矣王者推其親親之恩自王后始其下將無不蒙澤者今反其常而愛褒姒故恩止於一人而下無所賴矣是以君子嘯歌傷懷而念碩人碩人申后也

樵彼桑薪卬烘于煁維彼碩人實勞我心

桑薪薪之善者也卬我也烘燎也煁烓竈所以炤也薪之善者當以爲爨而反以爲炤譬如申后之賢不獲偶王而弃於外也

鼓鍾于宮聲聞于外念子懆懆視我邁邁

鼓鍾于宮外未有不聞者幽王內有嫡庶之亂而求外之不聞難矣君子之念王懆懆其憂而王視之邁邁其不顧壹言無悛心也

有鶖在梁有鶴在林維彼碩人實勞我心

鶖禿鶖也鶖鶴皆以魚爲食然鶴之於鶖淸濁則有間矣今鶖在梁而鶴在林鶖則飽而鶴則饑矣幽王進褒姒而黜申后譬之如養鶖而弃鶴也

鴛鴦在梁戢其左翼之子無良二三其德

鳥之雄者右掩左其雌左掩右言陰陽之相下物無

不然王曾是之不若也

有扁斯石履之卑兮之子之遠俾我疷兮

扁卑貌也疷病也石之施於履者乘石也石之扁然下者可施於履之卑而不可施於貴譬如人之賤者可以爲妾而不可以爲后言物各有所施之不可改也

白華八章章四句

緜蠻微臣刺亂也

緜蠻黃鳥止于丘阿道之云遠我勞如何飲之食之教之誨之命彼後車謂之載之

緜蠻小鳥貌也黃鳥之止於丘飛行飲食無不託焉
而丘未嘗有厭微臣附於公卿出使於外奈何曾不
飲食教載之哉

緜蠻黃鳥止于丘隅豈敢憚行畏不能趨飲之食之教
之誨之命彼後車謂之載之緜蠻黃鳥止于丘側豈敢
憚行畏不能極飲之食之教之誨之命彼後車謂之載
之

極至也

緜蠻三章章八句

瓠葉大夫刺幽王也

幡幡瓠葉采之亨之君子有酒酌言嘗之

古之君子不以菲薄廢禮雖瓠葉之微猶將采而亨忠

之以爲飲酒之葅傷今幽王雖有牲牢饔餼而不肯

用也

有兎斯首炮之燔之君子有酒酌言獻之

有兎斯首言一兎也獻主人酌賓也

有兎斯首燔之炙之君子有酒酌言酢之

酢賓酌主人也

有兎斯首燔之炮之君子有酒酌言醻之

醻主人既卒酢爵復酌賓也

瓠葉四章章四句

漸漸之石下國刺幽王也

漸漸之石維其高矣山川悠遠維其勞矣武人東征不皇朝矣

漸漸高峻也幽王之亂下國背叛王將以力征服之而不得故告之曰漸漸之石而欲以力平之乎吾見其高而已不可平也山川之悠遠而欲以行盡之乎吾見其勞而已不可盡也今諸侯背叛而欲以武人征之吾亦見其益亂而已不暇使之朝也孔子曰遠人不服則脩文德以來之遠人可以德懷而不可以

力勝武人非所以來之也

漸漸之石維其卒矣山川悠遠曷其沒矣武人東征不皇出矣

卒崔嵬也沒盡也出出之於亂也

有豕白蹢烝涉波矣月離于畢俾滂沱矣武人東征不皇它矣

蹢蹄也豕四蹢白曰駭白蹢豕之尤躁疾者也烝進也畢噣也豕之性好水而畢之性好雨豕馴則居陸駭則涉水故豕之進而涉波人之過也畢得月則雨月不至則否故畢之至於滂沱月之過也譬之諸侯

好亂而王又以武臨之是以懼而深謀阻兵以自救
勢之相激其亂遂連而不解故曰武人東征不遑他
矣夫使武人征之而尚何暇及其他哉蓋亦知誅之
而已此亂之所以益甚也

漸漸之石三章章六句

苕之華大夫閔時也
苕之華芸其黄矣心之憂矣維其傷矣
苕陵苕也其華紫赤而繁將落則黄言周室之衰如
是華也
苕之華其葉青青知我如此不如無生

言華已盡矣徒見其葉耳

牂羊墳首三星在罶人可以食鮮可以飽

牂羊牝羊也墳大也罶曲梁也曲梁寡婦之笱也牂羊墳首言無是道也三星在罶言不能久也人可以食鮮可以飽言無暇及飽也

苕之華三章章四句

何草不黄下國刺幽王也

何草不黄何日不行何人不將經營四方

歲暮草黄矣而行者不息言久役也

何草不玄何人不矜哀我征夫獨爲匪民

草黃極則玄久役而弃其室家曰矜

匪兕匪虎率彼曠野哀我征夫朝夕不暇有芃者狐率彼幽草有棧之車行彼周道

芃小貌也棧車役車也車之行道如狐之循草無有止期也

何草不黃四章章四句

潁濱先生詩集傳卷第十四終

潁濵先生詩集傳卷第十五

文王之什　大雅

文王文王受命作周也

文王在位五十年其始也三分天下有其二以服事商其政行於西南而不及於東北其後虞芮質成於周文王伐黎而戡之東北咸集詩曰商之孫子其麗不億上帝既命侯于周服文王於是受命稱王九年而崩書曰誕膺天命維九年大統未集此所謂受命作周也然學者或言武王克商而稱王文王之世紂猶在上則王號無所施之予以爲不然文王之治西

南諸侯之大者也故猶可以事人及其行於四方則天子之事也雖欲復爲諸侯而不可得矣是以卽其實而稱王紂雖未服而天下去之其所以爲王之實亦亡矣故文王之得此名也以其有此實也紂之失此名也以其無此實也空名雖存而衆不予其存無損於周之稱王而其亡不爲益矣是以文王之世置而不問至於武王紂日長惡不悛於是與諸侯觀政於商以爲紂將改歟則固將釋之釋之非復以周事之矣存之而已若其不改則將伐之伐之非以成周之王也爲不忍民之久於塗炭而已不然豈文王獨

能事紂而武王不能哉從世俗之說必將有一人受其非者此不可不辯也

文王在上於昭于天周雖舊邦其命維新有周不顯帝命不時文王陟降在帝左右

文王之在民上其德上昭于天蓋周之有國數百千歲也至是始受命以有天下君子曰周之德豈不顯而帝命豈不是哉文王行事常若升降在帝左右者蓋聖人先天而天弗違後天而奉天時與天如一故也詩於天人之際多以陟降言之

亹亹文王令聞不已陳錫哉周侯文王孫子文王孫子

本支百世凡周之士不顯亦世
亹亹勉也哉載也侯維也文王維不專利而布陳之
以與人人思載之是以立於天下者未有非其子孫
也文王之子孫適爲天子而庶爲諸侯其餘無不百
世者是何故也凡周之士雖其不顯者猶莫不世而
況其顯者乎士猶且獲世而況文王之子孫乎此所
謂陳錫載周也厲王之世榮夷公以專利爲卿士芮
良夫諫曰夫利百物之所生而天地之所載也而或
專之其害多矣大雅曰陳錫載周是不布利而懼難
乎故能載周以至于今此之謂也

世之不顯厥猶翼翼思皇多士生此王國王國克生維
周之楨濟濟多士文王以寧

皇大也楨幹也士之不顯者猶且翼翼不忘敬也而
況其顯者乎言士未有不可用者也是以文王思大
獲多士以爲周之榦言無所不容也無所不容此文
王之所以安也

穆穆文王於緝熙敬止假哉天命有商孫子商之孫子
其麗不億上帝既命侯于周服

穆穆美也緝和也熙光也假大也麗數也不億不徒
億也天命文王使有商之子孫商之子孫衆矣而維

服于周言其德無所不懷雖商人亦無有與之較者
也
侯服于周天命靡常殷士膚敏祼將于京厥作祼將常
服黼冔王之藎臣無念爾祖
膚美也敏疾也祼灌鬯也將行也京周京也冔殷冠
也夏曰收周曰冕藎進也殷人之來助祭於周者尚
皆服其冔其臣周也新矣然而文王無不受者言其
德廣大無所忌間也故於以告成王曰王之進臣可
無念爾祖哉
無念爾祖聿脩厥德永言配命自求多福殷之未喪師

克配上帝宜鑒于殷駿命不易

聿述也配順也駿大也旣告之使脩文王之德順天命以求多福則又告之以殷之未失衆也其君皆能配天及其末世維違天以敗故曰宜鑒于殷駿命不易言天命之難保也

命之不易無遏爾躬宣昭義問有虞殷自天上天之載無聲無臭儀刑文王萬邦作孚

遏絕也義善也有又通虞度也知命之不易故告之使無自遏絕於天布明善問度商之所以興廢以順天命蓋天之所欲載者非有聲音臭味可推而知也

惟儀刑文王則萬邦信之萬邦信之則天載之矣

文王七章章八句

大明文王有明德故天復命武王也

明明在下赫赫在上天難忱斯不易維王天位殷適使不挾四方

人君之德其見於下者甚明其發於上者甚著故天意之去就難信也世之所謂不可易者天子也今紂居天位而又殷之適然以其不義故使其政令不浹於四方天之難信也如是

摯仲氏任自彼殷商來嫁于周曰嬪于京乃及王季維

德之行

摯國任姓之中女自商之畿內而歸於王季行婦道於周京言文王之賢其所從來者遠自其父母而已然矣

大任有身生此文王維此文王小心翼翼昭事上帝聿懷多福厥德不回以受方國

大任仲任也懷來也方國四方來附之國也

天監在下有命既集文王初載天作之合在洽之陽在渭之涘

載成也天既集大命于周於文王之始成人也則爲

作配於洽渭之間洽渭之間太姒父母國在焉馮翊洽陽是也

文王嘉止大邦有子大邦有子俔天之妹文定厥祥親迎于渭造舟爲梁不顯其光

俔譬也文禮也昏禮既問名則卜之卜而吉則納幣以定之造舟爲梁浮梁也

有命自天命此文王于周于京纘女維莘長子維行篤生武王保右命爾燮伐大商

天既命文王于周京則以有莘之長女大姒適之以纘大任之業其德積厚遂生武王天復保佑而命之

使燮和伐商之事

殷商之旅其會如林矢于牧野維予侯興上帝臨女無貳爾心

矢陳也牧野商郊也紂陳其衆以拒武王然其衆維武王是爲無不欲武王興者曰上帝臨女矣無疑不克紂也

牧野洋洋檀車煌煌駟騵彭彭維師尚父時維鷹揚涼彼武王肆伐大商會朝清明

駟馬白腹曰騵師尚父太公望也涼佐也肆縱也春秋傳曰使勇而無剛者肆之會於清明之朝而克紂

蓋書所謂甲子昧爽也

大明八章四章章六句四章八句

緜文王之興本由大王也

緜緜瓜瓞民之初生自土沮漆古公亶父陶復陶穴未有家室

緜緜不絶貌也瓜瓞瓜近本之實也瓜之近本者常小於其故土居也沮漆豳之二水也齊詩土作杜漢扶風有杜陽杜水南入渭言國於杜與沮漆之間也古公亶父大王也復復於土上也穴鑿地也其狀皆如陶然周自不窋奔於戎狄後世國於漆沮之上子

孫衰替如瓜之瓞歲以益小至於大王其始猶處於
復穴無室家之盛及遷於岐周而後大興焉
古公亶父來朝走馬率西水滸至于岐下爰及姜女聿
來胥宇
大王居豳狄人侵之事之以皮幣犬馬而不獲免乃
屬其耆老而告之曰狄人之所欲者吾土地也吾聞
之君子不以其所以養人者害人二三子何患無君
去之踰梁山邑乎岐山之下豳人之從者如歸市朝
早也朝發於豳循水而至岐下及其妃大姜皆來相
宅言其妃亦賢人也

周原膴膴堇荼如飴爰始爰謀爰契我龜曰止曰時築室于茲

膴膴美也堇藋也荼苦也契刻也卜者必刻龜而灼之時是也

迺慰迺止迺左迺右迺疆迺理迺宣迺畝自西徂東周爰執事

慰安也左右東西列之也疆畫經界也理分土宜也宣道溝洫也畝度廣狹也自西徂東民之來自豳者也爰於也

乃召司空乃召司徒俾立室家其繩則直縮版以載作

廟翼翼

司空掌營國邑司徒掌徒役之事繩宮室之所取直也縮束也載上下相承也始建國者宗廟爲先廐庫爲次居室爲後

捄之陾陾度之薨薨築之登登削屢馮馮百堵皆興鼛鼓弗勝

捄虆也陾陾衆也度投也薨薨聲也登登用力也削屢重復削治也鼛大鼓也築牆者捊聚壤土盛之以虆投諸版中而築之既成而削之其聲馮馮然堅也五版爲堵擊鼛鼓以止衆而不能止言勸事也

迺立皋門皋門有伉迺立應門應門將將迺立冢土戎醜攸行

諸侯之宮外門曰皋門朝門曰應門寢門曰路門天子加之以庫雉冢土大社也戎大也醜衆也起大衆必先有事乎社而後出謂之宜

肆不殄厥慍亦不隕厥問柞棫拔矣行道兌矣混夷駾矣維其喙矣

殄絶也慍恚也隕墜也問聘問也柞櫟也棫白桵也駾突也喙喘也古公之徒於岐周其心豈忘混夷之怨哉徒以國家未定人民未集故不敢失聘問之禮

姑與之爲無憾而及其閑暇以脩其政令要吾所植
柞棫拔而遂茂行道兌而成蹊凡所以爲國者旣巳
繕完則夫混夷將不較而自服苟猶欲奔突我者則
維以自困而巳不能害我矣
虞芮質厥成文王蹶厥生予曰有疏附予曰有先後予
曰有奔奏予曰有禦侮
大王肇基王迹至於文王其始猶國於岐山之下其
地甚狹故孟子言文王方百里起其後旣克密須而
國於岐渭之間旣克崇然後涉渭作都於豐豐在京
兆長安而崇在鄠其地旣廣其所服從之國亦衆三

分天下而有其二然其政猶行於西南而已未能及
於東北其後虞芮之君相與爭田久而不平乃皆朝
周而質焉入其境耕者讓畔行者讓路入其邑男女
異路斑白不提挈入其朝士讓爲大夫大夫讓爲卿
二國之君愧焉乃以其所爭爲閒田而去虞在陝之
平陸芮在同之馮翊平陸有閒原焉則虞芮之所讓
也虞芮之訟既平其傍聞之相帥而歸周者四十餘
國東北既集文王於是受命稱王質正也成獄成也
蹶動也虞芮欲質其成而文王有以動之使其禮義
廉恥之心油然而生君子曰文王之所以能至於此

者何哉予以爲其臣無所不具其臣無所不具者文
王之盛德也率下親上曰疏附相道前後曰先後喻
德宣譽曰奔奏武臣折衝曰禦侮

緜九章章六句

棫樸文王能官人也

芃芃棫樸薪之槱之濟濟辟王左右趣之

芃芃盛貌也棫小木也樸枹生也槱積也小木而枹
生以爲無所用之材矣然猶可以爲薪而積之而況
其大者乎文王之官人小大無所遺棄亦猶是也故
其在朝也其左右翼然趣之之言官備也

濟濟辟王左右奉璋奉璋峨峨髦士攸宜

半圭曰璋諸臣所奉也峨峨盛壯也髦俊也文王之朝奉璋者皆士之俊也

淠彼涇舟烝徒楫之周王于邁六師及之

淠舟行貌也烝衆也能浮而載物者舟也故舟載而已不復事行也使衆人楫之而行淠然矣能得人而官之者文王也故文王官人而已不復爲也六師與之而其所至者遠矣

倬彼雲漢爲章于天周王壽考遐不作人

天之蒼蒼豈自有章哉則亦有雲漢以爲之章耳文

王老矣無所復爲矣然豈不能遠作人使爲我章哉
遐遠也不親之謂遠鼓之舞之之謂作
追琢其章金玉其相勉勉我王綱紀四方
追亦琢也相質也文王用人而不爲徒脩其身以御之故外則追琢其章內則金玉其相以爲之綱紀而已綱所以張也紀所以理也綱之紀之而綱乃可取然綱紀不自取也
棫樸五章章四句
旱麓受祖也
瞻彼旱麓榛楛濟濟豈弟君子干祿豈弟

旱山名也麓山足也榛栗屬也楛荊屬也濟濟衆多也山作雲雨以澤萬物而麓之草木亦被焉豈之如周之先祖其所以利人者廣故其子孫亦受其福以樂易求福其報未有不樂易者也

瑟彼玉瓚黃流在中豈弟君子福祿攸降

瑟鮮潔貌也玉瓚宗廟所用灌也黃流秬鬯也言其祭也維得樂易君子以奉之而神降之以福祿矣

鳶飛戾天魚躍于淵豈弟君子遐不作人

道在我而物無不咸得其性鳶以之飛於上魚以之躍於下而況於人乎或曰天之高也以爲不可及矣

然鳶則至焉淵之深也以爲不可入矣然魚則躍焉
夫鳶魚之能至此也必有道矣豈可以我之不能不
信哉君子推其誠心以御萬物雖幽明上下無不能
格小人不能知而或疑之何以異不信鳶魚之能飛
躍哉記曰君子之道費而隱夫婦之愚可以與知焉
及其至也雖聖人亦有所不知焉夫婦之不肖可以
能行焉及其至也雖聖人亦有所不能焉天地之大也
人猶有所憾故君子語大天下莫能載焉語小天下
莫能破焉詩云鳶飛戾天魚躍于淵言其上下察也
清酒既載騂牡既備以享以祀以介景福

載載於器也

瑟彼柞棫民所燎矣豈弟君子神所勞矣

燎謂燎燎所以除草也柞棫茂密則民斯燎之矣君子樂易則神斯勞之矣皆不求而可以自得之謂也

莫莫葛藟施于條枚豈弟君子求福不回

莫莫盛貌也君子之託於民上如葛藟之施于條枚非以巧得之蓋民之所樂奉耳

旱麓六章章四句

思齊文王所以聖也

思齊大任文王之母思媚周姜京室之婦大姒嗣徽音

則百斯男

媚愛也京室周室也能以禮齊其家者文王之母大任也能以德媚其國者周室之婦太姜也大王始遷於周故太姜稱周室之婦周家比世皆有賢妃而大姒又能繼其德音無妬忌之行以母百男此文王所以能全其聖也

惠于宗公神罔時怨神罔時恫刑于寡妻至于兄弟以御于家邦

惠順也宗尊也恫痛也寡妻猶言寡小君也文王上順其先公推其心以事天地百神而無有怨痛下治

其室家推其道以御宗族邦國而無有不順言文王之治遠自其近者始而皆一道也

雝雝在宮肅肅在廟不顯亦臨無射亦保肆戎疾不殄烈假不瑕

雝雝和也肅肅敬也顯揚也戎假皆大也烈業也瑕遠也文王之在宮也雝雝其和其在廟也肅肅其敬雖士之不揚陋於威儀者莫不臨省之士之無射短於技藝者莫不保任之言文王之用人不求備使士皆獲盡其力故其戎疾無有不殄而大業無有不瑕者也

不聞亦式不諫亦入肆成人有德小子有造古之人無斁譽髦斯士

式用也內無所聞知而外不能以告人此士之不學者也然猶獲入而用之故士皆勉於進雜然競作於下成人者有德小人有造古之人亦不自厭棄也然後文王因其譽以取其俊而用之是以下無棄人也古之人猶言昔之人也書曰昔之人無聞知謂老者也

思齊四章章六句

皇矣美周也

皇矣上帝臨下有赫監觀四方求民之莫維此二國其
政不獲維彼四國爰究爰度上帝耆之憎其式廓乃眷
西顧此維與宅
皇大也莫定也二國夏商也四國四方之國也耆老
也廓大也帝觀四方求民之所歸定夏商之政不獲
天心天乃究度四方將擇其可者與之然猶須假而
養之至其老而不變憎其惡之寖大乃眷然西顧見
周德之可依而與居焉言天非私周也
作之屏之其菑其翳脩之平之其灌其栵啓之辟之其
檉其椐攘之剔之其檿其柘帝遷明德串夷載路天立

厥配受命既固

木立死曰菑自斃曰翳灌叢生也栵栭也檉河柳也椐樻也檿山桑也串習也夷平也大王之徙於岐周也伐山刊木而居之帝依其明德而遷焉四方之民習其道路夷其險阻而歸之來者載路而不絕蓋天之祐之也久矣自立其賢妃大姜以配之而其受命既固矣

帝省其山柞棫斯拔松柏斯兌帝作邦作對自大伯王季維此王季因心則友則友其兄則篤其慶載錫之光受祿無喪奄有四方

兌易直也對配也人君國之配也大王居周而天祐
之至於草木無不省視之者既立之國又與之以賢
君故大伯以王季之兄而讓於王季王季因其心而
友之厚周之慶而光施於大伯以至于子孫覆有天
下
維此王季帝度其心貊其德音其德克明克明克類克
長克君王此大邦克順克比比于文王其德靡悔既受
帝祉施于孫子
春秋傳曰心能制義曰度德正應和曰貊照臨四方
曰明勤施無私曰類教誨不倦曰長賞慶刑威曰君

慈和徧服曰順擇善而從曰比凡王季之行雖文王之聖從後視之而無所悔是以其福能施於子孫也

帝謂文王無然畔援無然歆羨誕先登于岸密人不恭敢拒大邦侵阮徂共王赫斯怒爰整其旅以按徂旅以篤于周祜以對于天下

畔援猶偃蹇也帝謂文王無爲偃蹇不進已至而不取亦無歆慕好先未至而欲得是二者皆將失之何也退者將以要致之進者將以先取之要之者不知事之已至而先之者不知事之未及故莫若安以俟之也夫惟安以俟之故未及而不求已至而不疑譬

如相與皆涉要必我先登于岸易曰介如石不終日
故文王之於密也赫然征之而無留焉由此道也密
密須也姞姓之國在安定陰密阮共周之二邑也徂
往也按止也旅師也對答也伐密所以答天下之望
周也
依其在京侵自阮疆陟我高岡無矢我陵我陵我阿無
飲我泉我泉我池度其鮮原居岐之陽在渭之將萬邦
之方下民之王
京大阜也矢陳也鮮善也將側也方嚮也密人之兵
依山而侵阮陟其岡而居焉文王之人見者莫不怒

之曰安得陳於我陵而飲於我泉哉此皆我有也於
是拒之入阮而止不及共矣此所謂以按徂旅也文
王既克密須於是相其高原而徙都焉所謂程邑是
歟或曰漢扶風安陵周之程邑也及其克崇則徙居
於豐

帝謂文王予懷明德不大聲以色不長夏以革不識不
知順帝之則帝謂文王詢爾仇方同爾兄弟以爾鉤援
與爾臨衝以伐崇墉

大聲以色外爲之而内無有也長夏以革爲之於窮
約而忘之於盛大也文王之德不以識識不以智知

漠然無心而與天爲徒故無內外之異無窮達之變
此天之所以歸之也於是命之克從自是以有天下
焉凡言帝謂文王以意推天也仇怨也鉤援鉤梯也
臨衝臨車衝車也
臨衝閑閑崇墉言言執訊連連攸馘安安是類是禡是
致是附四方以無侮臨衝茀茀崇墉仡仡是伐是肆是
絶是忽四方以無拂
閑閑茀茀動搖也言言仡仡崩阤也訊問也馘獲也
連連安安徐也天子將出征類于上帝宜于社造于
禰禡于所征之地致者致其社稷羣神也附者附其

先祖爲之立後也肆縱也忽滅也

皇矣八章章十二句

靈臺民始附也

經始靈臺經之營之庶民攻之不日成之

文王克崇而都豐豐鎬之間民始附之於是作靈臺焉靈之言善也孟子曰文王以民力爲臺爲沼而民歡樂之謂其臺曰靈臺謂其沼曰靈沼經度之也營表之也攻作也

經始勿亟庶民子來王在靈囿麀鹿攸伏

言不擾也

麀鹿濯濯白鳥翯翯王在靈沼於牣魚躍

濯濯娛游也翯翯肥澤也牣充也文王之囿雖麋鹿魚鼈無不得其所者

虡業維樅賁鼓維鏞於論鼓鍾於樂辟廱

植者曰虡橫者曰栒栒上之板曰業業上之刻曰崇牙樅峻峙也賁大鼓也鏞大鍾也論講也因民之樂而講求鍾鼓之度以作辟廱之樂也莊子曰文王有辟雍之樂

於論鼓鍾於樂辟廱鼉鼓逢逢矇瞍奏公

鼉魚屬也逢逢和也矇瞍瞽也公事也

靈臺五章章四句

下武繼文也

下武維周世有哲王三后在天王配于京

武迹也先王既沒而其迹在下不絕者維周然耳三后大王王季文王也王武王也京鎬京也

王配于京世德作求永言配命成王之孚

作起也起而求其先世之德以繼之也孚信也三后之世王迹既兆其孚見矣及武王配天之命而後成也

成王之孚下土之式永言孝思孝思維則媚茲一人應

侯順德永言孝思昭哉嗣服

侯維也服事也武王既成王業天下咸法則之其所法者其孝也故人思所以媚之者維順其德以應之然則武王之孝能嗣其先王之事者豈不明哉

昭茲來許繩其祖武於萬斯年受天之祜

昭明也許所也繩約也武王昭其孝於來世使約其祖武而行故能久荷天祿而不替也

受天之祜四方來賀於萬斯年不遐有佐

四方皆來賀之不遠有佐之者乎

下武六章章四句

文王有聲繼伐也

繼文者言繼其文德繼伐者兼言其武功也

文王有聲遹駿有聲遹求厥寧遹觀厥成文王烝哉

遹述也駿大也烝君也文王之所以有聲者能述大其先人之聲耳凡求其所以安觀其所以成無非述之者此文王之所以爲君也

文王受命有此武功既伐于崇作邑于豐文王烝哉築城伊淢作豐伊匹匪棘其欲遹追來孝王后烝哉

匹偶也來勤也方十里曰成成閒有淢廣深八尺文王城豐大小適與成偶非以急成其欲乃以述追其

先君之勤孝而已自其克崇作豐而王業成故以王
后名之
王公伊濯維豐之垣四方攸同王后維翰王后烝哉
文王君臣相與洗濯脩潔其政故天下莫敢侮此則
豐之垣也四方諸侯相率而歸周無有不順此則文
王之翰也
豐水東注維禹之績四方攸同皇王維辟皇王烝哉
豐水入渭東注于河豐水之所以東注者禹之功也
四方之所以歸周者武王維君也皇大也武王之於
文王則王業益大矣故稱皇王焉

鎬京辟廱自西自東自南自北無思不服皇王烝哉

·鎬京武王之所都在長安鎬水之上辟廱天子之學也舉其大則自鎬京舉其小則自辟廱其外無不服者

考卜維王宅是鎬京維龜正之武王成之武王烝哉

考稽也

豐水有芑武王豈不仕詒厥孫謀以燕翼子武王烝哉

芑草也仕事也燕安也翼敬也水之於物無所事矣然猶以其澤生芑而況於武王未嘗不事哉故遺其子孫之謀以安後世之敬者此詩言文王者先習文

王後曰王后其言武王者先曰皇王後曰武王蓋文
王老而稱王武王即位而稱王故也文武則其正號
矣
文王有聲八章章五句

潁濵先生詩集傳卷第十五終

頻濱詩集傳

十六之九

楨濱先生詩集傳卷第十六　大雅

生民之什

生民尊祖也

周公制禮推尊后稷以配天故爲此詩言其所以尊之

厥初生民時維姜嫄生民如何克禋克祀以弗無子履帝武敏歆攸介攸止載震載夙載生載育時維后稷

禋敬也弗祓也武迹也敏拇也介覺也震娠也夙肅也后稷之母姜氏之女曰嫄爲帝嚳元妃稷之生也姜嫄禋祀郊禖以祓去無子之疾見大人迹焉而履

其拇歆然感之若有覺其止之者於是有身肅戒不
御而生后稷蓋此詩言后稷之生甚明無可疑者然
毛氏獨不信曰履帝武者從高辛行也余竊非之以
履帝武爲從高辛行歟至於牛羊字之飛鳥覆之何
哉要之物之異於常物者其取天地之氣弘多故其
生也或異虎豹之生異於犬羊蛟蜃之生異於魚鱉
物固有然者神人之生而有以異於人何足怪哉雖
近世猶有然者然學者以其不可推而莫之信夫事
之不可推者何獨此以耳目之陋而不信萬物之變
物之變無窮而耳目之見有限以有限待無窮則其

爲說也勞而世不服古之聖人不然苟誠有之不以所見疑所不見故河圖洛書稷契之生皆見於詩易不以爲怪其說蓋廣如此後世復有聖人無是固不不可少之而有是亦不足怪此聖人之意也

誕彌厥月先生如達不坼不副無菑無害以赫厥靈上帝不寧不康禋祀居然生子

誕大也彌終也達羊子也后稷姜嫄之元子也旣終其月而生其生也如達之易赫然甚異於人此豈上帝不安之哉然姜嫄乃反以其由禋祀之故居然無疾而生子是以不安而棄之

誕寘之隘巷牛羊腓字之誕寘之平林會伐平林誕寘
之寒冰鳥覆翼之鳥乃去矣后稷呱矣
寘置也腓辟也字愛也覆蓋也翼藉也呱泣聲也於
是知有天異往取之矣
實覃實訏厥聲載路誕實匍匐克岐克嶷以就口食蓺
之荏菽荏菽旆旆禾役穟穟麻麥幪幪瓜瓞唪唪
覃長也訏大也岐嶷峻茂也言后稷之生其體
實長且大其聲則載於路矣及其始匍匐以就食也
其形則已岐嶷矣及其稍壯遂知樹蓺五穀言出於
其性也荏菽大豆也旆旆長也役行列也穟穟苗好

也幪幪茁盛也唪唪多實也
誕后稷之穡有相之道茀厥豐草種之黃茂實方實苞
實種實褎實發實秀實堅實好實穎實栗卽有邰家室
相助也茀荒也黃茂嘉穀也方極畝也苞茂也種生
不雜也褎長也發發管也秀華也穎垂穎也栗不秕
也后稷之爲稷官也稼穡常若有助之者雖茀穢豐
草之地皆能以生嘉穀故堯封之於邰使卽其母之
家而居之邰姜嫄父母國也在今武功
誕降嘉種維秬維秠維穈維芑恒之秬秠是穫是畝恒
之穈芑是任是負以歸肇祀

秬黑黍也秠一稃二米也糜赤苗也芑白苗也恒徧
也任檐也肇始也后稷既封而獲嘉種曰天實降此
於是徧種之旣成獲而棲之於畝負任以歸而始祭
天焉
誕我祀如何或舂或揄或簸或蹂釋之叟叟烝之浮浮
載謀載惟取蕭祭脂取羝以軷載燔載烈以興嗣歲
揄抒臼也蹂揉熟之也釋淅米也叟叟聲也浮浮氣
也旣治其米以待祭祀於是謀祭之日思祭之備及
其將祭則取蕭草與祭牲之脂爇之於行神之位馨
香旣聞取羝羊之體以祭神又燔烈其肉以爲尸羞

然後犯軷而往郊所以興來歲繼往歲也此所謂孟
春祈穀于上帝
卬盛于豆于豆于登其香始升上帝居歆胡臭亶時后
稷肇祀庶無罪悔以迄于今
卬我也木曰豆瓦曰登豆薦菹醢登薦大羹亶信也
時是也言非獨其芳臭信能至是也自后稷始祭天
而無罪悔以至于今是以天饗之也古者天子祭天
地諸侯祭社稷此禮之不可易者也然后稷堯之諸
侯周公周之諸侯也而皆得祭天此何禮也洚水之
後民方阻饑后稷教之播種民於是獲粒食天實祐

之而錫之嘉種詩曰誕降嘉種維秬維秠維穈維芑又曰貽我來牟帝命率育及周公遭流言之變成王疑之天大雷電以風禾偃木拔及成王啓金縢之書知其以周公故也將迎周公爲之出郊而天乃雨反風禾則盡起蓋二公之德上昭於天天所以佑之者如此故堯與成王因天之意而使之祭天非私許之也不然二公之世賢者多矣而皆不得祭天蓋天命之所不及故也

生民八章四章章十句四章章八句

行葦忠厚也

敦彼行葦牛羊勿踐履方苞方體維葉泥泥

敦聚貌也行道也苞本也體幹也泥泥弱貌也道上之葦其爲物也微矣仁人君子將於是何求哉然謂其方且欲生也故禁牛羊使勿踐之而況於人乎故王者內則親睦九族外則尊事黃耇凡以無逆其性而非有所望之也此所謂忠厚也

戚戚兄弟莫遠具爾或肆之筵或授之几

戚戚相親也爾近也肆成也少者肆筵而已老者加之以几

肆筵設席授几有緝御或獻或酢洗爵奠斝

緝續也御侍御也斝亦爵也兄弟之老者既陳之筵又設之以重席既授之几又有相代而侍之者主人獻賓賓酢主人主人洗爵而醻賓則賓受而奠之不舉也

醓醢以薦或燔或炙嘉殽脾臄或歌或咢

醓醢醓醢之多汁者也薦禮韭菹則醓醢燔肉也炙肝也臄函也脾函所以爲加也歌者比於琴瑟徒擊鼓曰咢

敦弓既堅四鍭既鈞舍矢既均序賓以賢

敦弓畫弓也鍭矢也鈞參亭也均四隅均也賢射中

多也此將養老而以射擇其賓也

敦弓既句既挾四鍭四鍭如樹序賓以不侮

句彀通射禮搢三挾一既挾四鍭則徧釋矣不侮敬

也

曾孫維主酒醴維醹酌以大斗以祈黃耇

曾孫謂成王也醹厚也大斗其長三尺祈告也酒醴

既備則以告於黃耇而養之

黃耇台背以引以翼壽考維祺以介景福

台鮐也大老其背有鮐文引導之也翼左右之也祺

吉也

行葦八章章四句

既醉太平也

既醉以酒既飽以德君子萬年介爾景福

周自文王至於成王而天下平無所復事故君子作此詩言王與羣臣祭畢而燕於寢旅酬至無筭爵醉之以酒而飽之以德臣之所以願其君者反復而不厭此謂太平也

既醉以酒爾殽既將君子萬年介爾昭明

將行也昭明顯著於天下也

昭明有融高朗令終令終有俶公尸嘉告

融和也俶始也昭明而能和高朗而能終終而復始

福無窮也尸以是無窮之福報於成王王者以卿爲

尸天子之卿有以諸侯爲之故曰公尸

其告維何籩豆靜嘉朋友攸攝攝以威儀

尸之所以報主人者以其籩豆靜嘉君臣相救以無

違禮故也朋友王之友臣也攝檢也

威儀孔時君子有孝子孝子不匱永錫爾類

君子之事神其禮無不時者故神錫之以孝子孝之

施於人無窮故又能錫其類

其類維何室家之壼君子萬年永錫祚胤

壼廣也能錫其類則室家之廣皆將化之則其胤嗣
無不賢者矣

其胤維何天被爾祿君子萬年景命有僕其僕維何釐
爾女士釐爾女士從以孫子

僕屬也釐予也天之所以屬之者予之以女子而有
士君子之行者也予之以女士而其子孫無不賢者
矣

旣醉八章章四句

鳧鷖守成也

鳧鷖在涇公尸來燕來寧爾酒旣清爾殽旣馨公尸燕

飲福祿來成

守成者守先王之成法而無所損益之謂也故此詩言祭畢而燕尸潔其酒食而將之以敬不失其故而已尸之在廟也其容安詳鳧鷖之爲物也愿而遲其貌似焉鳧鷖皆水鳥涇水名也

鳧鷖在沙公尸來燕來宜爾酒既多爾殽既嘉公尸燕飲福祿來爲

爲助也

鳧鷖在渚公尸來燕來處爾酒既湑爾殽伊脯公尸燕飲福祿來下鳧鷖在潨公尸來燕來宗既燕于宗福祿

來降公尸燕飲福祿來崇

潨水會也來宗來尊也崇重也

鳧鷖在亹公尸來止熏熏旨酒欣欣燔炙芬芬公尸燕飲無有後艱

亹山絕水也熏熏和說也欣欣樂也芬芬香也

鳧鷖五章章六句

假樂嘉成王也

假樂君子顯顯令德宜民宜人受祿于天保佑命之自天申之

假嘉也春秋傳作嘉樂申重也言天之於成王反覆

申重而不厭是以保右而命之也
干祿百福子孫千億穆穆皇皇宜君宜王不愆不忘率
由舊章
成王干祿而得百福故其子孫之蕃至于千億適爲
天子庶爲諸侯無不穆穆皇皇以遵成王之法者
威儀抑抑德音秩秩無怨無惡率由羣匹受福無疆四
方之綱
無所不容故無怨無所不矜故無惡從衆之欲而已
不自爲是以能受無疆之福爲四方之綱
之綱之紀燕及朋友百辟卿士媚于天子不解于位民

之攸塈

燕安也塈息也成王紀綱四方而臣下賴之以安故百辟卿士思所以媚之者曰維不解于位不解于位故民獲休息也

假樂四章章六句

公劉召康公戒成王也

篤公劉匪居匪康迺埸迺疆迺積迺倉迺裹餱糧于槖于囊思輯用光弓矢斯張干戈戚揚爰方啓行

后稷始封于邰傳于不窋而失其官竄於戎狄之閒再世不顯其孫公劉復修后稷之業始居於豳故召

公劉之以教成王言公劉之在西戎也不康其居外則治其疆埸內則積其倉廩內外繕完則裹其餱糧思以輯和其民而光其先祖於是用兵於四方以啓敵之行陳而豳國於是始立篤厚也戚斧也揚鉞也

篤公劉于胥斯原既庶既繁既順迺宣而無永歎陟則在巘復降在原何以舟之維玉及瑤鞞琫容刀

胥相也宣導也舟奉也公劉之相其原也其民則已繁庶矣公劉又能順其所欲而後導之以事故其民勞而不怨公劉則與之陟巘而降原民滋愛之於是相與進其玉瑤容刀之佩以帶之愛之至也

篤公劉逝彼百泉瞻彼溥原迺陟南岡乃覯于京京師之野于時處處于時廬旅于時言言于時語語

溥廣也京大陵也直言曰言論難曰語公劉之營京邑也審矣自下觀之則往百泉而望廣原自上觀之則陟南岡而覯京師審其可處矣則經畫以定之曰此可以居居民此可以廬賓旅此可以施教令此可以議政事蓋自遷豳至此而始有朝廷邑居之正焉

篤公劉于京斯依蹌蹌濟濟俾筵俾几既登乃依乃造其曹執豕于牢酌之用匏食之飲之君之宗之

公劉依京以營邑宮室既成其士蹌蹌其大夫濟濟

皆會於朝公劉則命設几筵而饗之賓登席依几乃
造其羣牧搏豕而烹之以爲飲酒之殽殽用豕酌用
匏新國殺禮也
篤公劉既溥既長既景迺岡相其陰陽觀其流泉其軍
三單度其隰原徹田爲糧度其夕陽豳居允荒
宮室既成則治其田原既廣且長矣於是考之以日
景參之以高岡以相其陰陽寒煖之宜水泉灌漑之
利辨其土宜以授野人古者大國三軍以其餘卒爲
羨自周之遷而其民未集丁夫適滿三軍之數而無
羨卒故曰其軍三單度其原隰之田以徹法頒之一

夫百畝則三單之民適皆給足於是又度其山西之田以廣之而豳人之居於此益大什一而稅曰徹山西曰夕陽允信也荒大也

篤公劉于豳斯館涉渭爲亂取厲取鍛止基乃理爰衆爰有夾其皇澗遡其過澗止旅廼密芮鞫之即

宮室既成田野既治則營其邑居其營邑也專有其備物有其處至於厲鍛之微皆有所取之亂絕流也厲鍛石之可以治斤斧者也基邑之所在也言其始爲之基也則已順其理矣故其成而居之則益衆而益有其居有夾澗者有遡澗者皇過二澗名也旅衆

也其後所居之衆益密乃復卽其澗之芮鞫而居之水之內曰芮其外曰鞫或曰芮水出其山西北東入涇芮鞫芮水之外也此詩言公劉之在豳其業甚微其功甚勤所以深戒成王使不忘敬也

公劉六章章十句

泂酌召康公戒成王也

泂酌彼行潦挹彼注茲可以餴饎豈弟君子民之父母

泂遠也行潦流潦也餴餾也饎酒食也流潦水之薄者然苟挹而注之則可以餴饎言物無不可用也是以君子之於人未嘗有所棄猶父母之無棄子也或

曰雖行潦汙賤之水苟挹之於彼而注之於此則遂可以餴饎孟子曰雖有惡人齋戒沐浴而可以祀上帝此所以爲戒成王也

泂酌彼行潦挹彼注茲可以濯罍豈弟君子民之攸歸

罍所以盛酒

泂酌彼行潦挹彼注茲可以濯漑豈弟君子民之攸塈

塈息也

泂酌三章章五句

卷阿召康公戒成王也

有卷者阿飄風自南豈弟君子來游來歌以矢其音

卷曲也風之爲物無所不入未有能禦之者維曲阿卷然當道則風自其南而去無自入之矣小人之能得其君亦如風然雖欲多方以拒之然其入也有道維得樂易之君子而與之游彼見其容貌聞其聲音而自去矣子夏曰舜有天下選於衆舉臯陶不仁者遠矣湯有天下選於衆舉伊尹不仁者遠矣

伴奐爾游矣優游爾休矣豈弟君子俾爾彌爾性似先公酋矣

伴奐縱弛之意也彌終也似肖也酋就也人君伴奐優游無所事者維得樂易君子以終成其性則能肖

先君而就其業矣性之於人莫不固有之也然不得
賢者則不能自成
爾土宇昄章亦孔之厚矣豈弟君子俾爾彌爾性百神
爾主矣
昄大也章著也人君土宇大而且著其厚甚矣維得
君子以成其性而後山川神祇咸主之也
爾受命長矣茀祿爾康矣豈弟君子俾爾彌爾性純嘏
爾常矣
茀多也嘏福也人君受命旣長百祿旣康維得君子
以成其性而後能常享此福也

有馮有翼有孝有德以引以翼豈弟君子四方維則

在前則有馮在側則有翼孝著於內德施於外以此引翼其君而爲四方則維豈弟君子爲能當之耳

顒顒卬卬如珪如璋令聞令望豈弟君子四方維綱

顒顒卬卬高明也如珪如璋純潔也遠之則有令聞近之則有令望亦維豈弟君子爲能當之

鳳凰于飛翽翽其羽亦集爰止藹藹王多吉士維君子使媚于天子

翽翽羽聲也藹藹衆多也鳳凰之飛而能集於其所止者衆羽之力也然而用羽者鳳也不得其用羽者

則亦安能至哉王之吉士亦衆矣然必有君子以使
之而後能媚天子也
鳳凰于飛翽翽其羽亦傅于天藹藹王多吉人維君子
命媚于庶人鳳凰鳴矣于彼高岡梧桐生矣于彼朝陽
菶菶萋萋雝雝喈喈君子之車既庶且多君子之馬既
閑且馳矢詩不多維以遂歌
山東曰朝陽鳳之性非梧桐不棲非竹實不食故鳳
凰鳴于高岡將欲得而畜之則植梧桐於朝陽以待
之使梧桐之盛至於菶菶萋萋也則鳳凰鳴於其上
雝雝喈喈矣維君子亦然其德有以絶於衆人而衆

人待之則將不至故其所以載之者車必庶而多馬必閑而馳以此待之庶曰苟至焉成王之朝蓋有是人而王不知歟故召公爲此詩其所陳者不多也維告以遂用之而已

卷阿十章六章章五句四章章六句

民勞召穆公刺厲王也

民亦勞止汔可小康惠此中國以綏四方無縱詭隨以謹無良式遏寇虐憯不畏明柔遠能邇以定我王

汔幾也中國京師也詭隨者不顧是非而妄從人也人未有無故而妄從人者雖無良之人將悅其君而

竊其權以爲寇虐則爲之故無縱詭隨則無良之人
肅無良之人肅則寇虐無畏之人止然後柔遠能邇
而王室定矣
民亦勞止汔可小休惠此中國以爲民逑無縱詭隨以
謹惛怓式遏寇虐無俾民憂無棄爾勞以王爲休
逑聚也惛怓亂也爾勞舊勞也
民亦勞止汔可小息惠此京師以綏四國無縱詭隨以
謹罔極式遏寇虐無俾作慝敬愼威儀以近有德民亦
勞止汔可小愒惠此中國俾民憂泄無縱詭隨以謹醜
厲式遏寇虐無俾正敗戎雖小子而式弘大

愒息也泄去也厲惡也戎女也王雖小子自遇然用
事於天下甚大不可不慎也
民亦勞止汔可小安惠此中國國無有殘無縱詭隨以
謹繾綣式遏寇虐無俾正反王欲玉女是用大諫
繾綣小人之固結其君者也王欲玉女欲使王德純
備如玉也
民勞五章章十句
板凡伯刺厲王也
凡伯周公之後爲王卿士
上帝板板下民卒癉出話不然爲猶不遠靡聖管管不

實於亶猶之未遠是用大諫

板板反覆不定也癉病也管管無所不事也亶誠也天之禍福反覆不定厲王一失其德而民皆不安告之以話言則不信聽其自爲謀則不遠自非聖人而欲無所不事不自實於其所誠能而止君子知其將敗而幸其謀之未遠故作此詩以大諫之

天之方難無然憲憲天之方蹶無然泄泄辭之輯矣民之洽矣辭之懌矣民之莫矣

難艱難也蹶震動也憲憲猶軒軒也泄泄猶沓沓也輯和也莫定也厲王暴虐恣行故告之曰天今方爲

艱難以震動周室無爲是軒軒而不顧沓沓而不已是不能以服民祗以速亂而已民之不順非有異志也畏王之無厭而求以自免耳苟無欲害之之心而出好言焉民令洽而定矣

我雖異事及爾同寮我卽爾謀聽我囂囂我言維服勿以爲笑先民有言詢于芻蕘

君子欲諫王則又以告其寮之信於王者庶幾王信之而其言易入囂囂行不顧也服服行也

天之方虐無然謔謔老夫灌灌小子蹻蹻匪我言耄爾用憂謔多將熇熇不可救藥

謔謔戲侮也灌灌款誠也蹻蹻驕貌也熇熇熾盛也言天方將爲虐以敗王安得以爲戲而不信哉老者知其不可而盡其款誠以告之少者不信而驕之故曰非我老耄而妄言乃女以憂爲戲耳夫憂未至而救之猶可爲也苟俟其益多則如火之盛不可復救矣

天之方懠無爲夸毗威儀卒迷善人載尸

懠怒也夸大也毗附也小人之於人不以大言夸之則以諛言毗之或夸或毗而威儀迷亂則雖善人將相從尸其禍矣

民之方殿屎則莫我敢葵喪亂蔑資曾莫惠我師
殿屎亦作唸吚呻吟也葵揆也民方愁苦呻吟莫測其所欲方世之喪亂困竭又曾無以惠之者變之與也何日之有

天之牖民如壎如篪如璋如圭如取如攜攜無曰益牖民孔易民之多辟無自立辟
聖人之導民如暗者之願明而爲之牖焉導其天也是以託之於天壎篪以言其和也圭璋以言其合也攜取以言其易也然其導之也攜之而已不求多於民是以其導之也甚易今厲王求之已甚民尚安有

從王哉方世之治也天下咸聽其上而有一不從該刑足以勝之令天下皆不順雖有刑辟尚何從立之哉故以次章敎之使懷來其羣臣

价人維藩大師維垣大邦維屏大宗維翰懷德維寧宗子維城無俾城壞無獨斯畏

价大也大人衆所服也大師大衆也大邦大諸侯也大宗强族也宗子同姓也此五者皆王之屏蔽以德懷之則合否則離散無以自安矣人皆曰無俾城壞城之壞也則知畏之五者之蔽有甚於城而莫知畏其壞也所謂小人務知小者近者而已

敬天之怒無敢戲豫敬天之渝無敢馳驅昊天曰明及

爾出王昊天曰旦及爾游衍

王往也旦明也天之明也人未有行而不從者柰何

不畏也

板八章章八句

頻濱先生詩集傳卷第十六終

頴濱先生詩集傳卷第十七

蕩之什　大雅

蕩召穆公傷周室大壞也

蕩之所以為蕩由詩有蕩蕩上帝也毛詩之序以為天下蕩蕩無綱紀文章則其所以名篇非其詩之意矣

蕩蕩上帝下民之辟疾威上帝其命多辟天生烝民其命匪諶靡不有初鮮克有終

蕩蕩廣大貌也天之廣大下民之所君也今民被厲王之禍咸謂天迅烈無恩而多淫辟之命何者天之

生民其命不可復信莫不有初而無終者言生之於治而終之於亂也

文王曰咨咨女殷商曾是彊禦曾是掊克曾是在位曾是在服天降滔德女興是力

召公知厲王之將亡故爲此詩稱文王所以咨嗟商紂蓋傷周室將有此禍也彊禦彊梁捍禦不可告教之人也掊克掊斂克深少恩之人也朝廷之在位服事者皆是人也滔漫也力任也天降是人以妖孽天下女又興而任之何哉

文王曰咨咨女殷商而秉義類彊禦多懟流言以對寇

攘式內侯作侯祝靡届靡究

凡秉義以事女者女則以爲彊禦奓怨之人凡民怨

讟流傳之言有以告者女則以爲寇攘於內至於小

人詐僞無實唯以祝詛相要女則不復窮極其情僞

而遂受之何也作或作詛

文王曰咨咨女殷商女炰烋于中國斂怨以爲德不明

爾德時無背無側爾德不明以無陪無卿

炰烋氣健貌也無背無側前後左右無良臣也陪陪

貳也

文王曰咨咨女殷商天不湎爾以酒不義從式既愆爾

止靡明靡晦式號式呼俾晝作夜

湎沉湎也止容止也人之沉湎非天使然也凡百不義皆將從是起故既愆爾止則無所不至矣

文王曰咨咨女殷商如蜩如螗如沸如羹小大近喪人尚乎由行內奰于中國覃及鬼方

蜩蟬也螗蝘也奰怒也飲酒號呼之聲如蜩螗沸羹之亂君臣以是危於喪亡而人猶從之亂止於京師而鬼方皆被其禍言惡之遠也

文王曰咨咨女殷商匪上帝不時殷不用舊雖無老成人尚有典刑曾是莫聽大命以傾文王曰咨咨女殷商

人亦有言顛沛之揭枝葉未有害本實先撥殷鑒不遠在夏后之世

顛仆也沛拔也揭發也大木之拔非枝葉之患所能爲也其本實先自撥矣譬如商周之衰典刑未廢諸侯未畔四夷未起而其君不義以自絕於天下莫可救也言商之鑒在夏則周之鑒在商明矣

蕩八章章八句

抑衛武公刺厲王亦以自警也

宣王十六年衛武公即位年九十有五而作此詩蓋追刺厲王以自警也

抑抑威儀維德之隅人亦有言靡哲不愚庶人之愚亦職維疾哲人之愚亦維斯戾

抑抑密也隅廉也戾罪也天下有道則賢者可外占而知內譬如宮室內有繩直則外有廉隅至於亂世賢者不容則毀其威儀佯愚以辟禍故曰庶人之愚亦其職耳譬如疾病雖欲免而不得哲人之愚非其質然也畏罪故耳

無競維人四方其訓之有覺德行四國順之訏謨定命遠猶辰告敬慎威儀維民之則

競彊也訓馴也覺直也訏大也辰時也爲國者得人

則彊失人則弱循道者民之所順而背理者民之所
叛也故人君必先任賢臣內秉直德以服天下然後
先事而大謀以定政命遠圖而時告之政事既脩又
能敬其威儀以爲民則則所以爲國者略備矣
其在于今興迷亂于政顛覆厥德荒湛于酒女雖湛樂
從弗念厥紹罔敷求先王克共明刑
今厲王作起迷亂之人而任之以政又顛覆其德荒
湛于酒不念先王之典刑而尚何以爲國哉
肆皇天弗尚如彼泉流無淪胥以亡夙興夜寐灑埽庭
內維民之章脩爾車馬弓矢戎兵用戒戎作用逷蠻方

天不肎厲王之行君子憂之恐其如泉之流相陷以
就亡竭故教之使脩其政事以自救戒備也戎兵也
作起也逷遠也

質爾人民謹爾侯度用戒不虞愼爾出話敬爾威儀無
不柔嘉白圭之玷尚可磨也斯言之玷不可爲也

質成也侯度天子所以御諸侯之度也天子茍內失
其人民而外慢其諸侯則將有不虞之禍起夫怨不
在大言語之不愼威儀之不敬與人失和而禍之所
從起也

無易由言無曰茍矣莫捫朕舌言不可逝矣無言不讎

無德不報惠于朋友庶民小子子孫繩繩萬民靡不承
捫持也逝發也君子告王使無輕從人之言無曰苟
如是而已雖無有持吾舌者然而言不可以妄發何
者言行之出未有不反報之者也苟能惠其朋友以
至於庶民則民思戴其子孫繩繩而不絕矣
視爾友君子輯柔爾顏不遐有愆相在爾室尚不愧于
屋漏無曰不顯莫予云覯神之格思不可度思矧可射
思
吾視王所與友者皆求所以和柔王顏而已莫敢正
言犯王者左右無正人焉吾以是知其有咎不遠矣

苟以爲不信曷不視其在爾室者尚且不愧于屋漏
況其遠者乎人之愧于屋漏也曰莫予見者耳神之
至也尚不可得而知之矧可得而厭之哉言人雖莫
見而神鑒之也西北隅曰屋漏格至也
辟爾爲德俾臧俾嘉淑愼爾止不愆于儀不僭不賊鮮
不爲則投我以桃報之以李彼童而角實虹小子
辟法也虹潰也人君苟脩其德而愼其容止無僭僞
殘賊之行則民鮮不以爲法矣譬如投之以桃而
報之以李不可誣也今王無其實而欲求民之法之
則亦譬如童羊而求有角之用人誰信汝哉徒自潰

而已
荏染柔木言緡之絲溫溫恭人維德之基其維哲人告之話言順德之行其維愚人覆謂我僭民各有心
緡被也柔木柔矣而被之以絲則可以爲弓不柔者雖被之不從也故爲溫恭之人然後可以入德告之以話言則順之彼愚者反謂我欺之耳人心之不同如此此君子所以憂憤而無如之何也
於乎小子未知臧否匪手攜之言示之事匪面命之言提其耳借曰未知亦既抱子民之靡盈誰夙知而莫成
王不知善惡而告之者亦至矣苟以爲尚少而未知

歟則亦既抱子非少矣靡盈不足也人之才性有所未足獨患不知苟其蚤知則蚤成之豈有蚤知而晚成之者言王之不能有成由不知也

昊天孔昭我生靡樂視爾夢夢我心慘慘誨爾諄諄聽我藐藐匪用爲教覆用爲虐借曰未知亦聿既耄

夢夢昏亂也諄諄款誠也藐藐不入也君子之諫王王非以爲教之也以爲虐之耳

於乎小子告爾舊止聽用我謀庶無大悔天方艱難曰喪厥國取譬不遠昊天不忒回遹其德俾民大棘

舊久也止辭也天方艱難周室曰吾將喪其國譬如

夏商其類不遠天豈復有差忒不然者哉然王曾不悟益爲邪僻之行使民至於困急而無告也

抑十二章三章章八句九章章十句

桑柔芮伯刺厲王也

芮伯爲卿士字良夫

菀彼桑柔其下侯旬捋采其劉瘼此下民不殄心憂倉兄填兮倬彼昊天寧不我矜

菀茂也旬偏也劉殘也殄絶也倉悲也兄滋也填久也桑之爲物其葉最盛然及其采之也一朝而盡無黃落之漸故詩人取以爲比言周之盛也如柔桑之

茂其陰無所不徧至於厲王肆行暴虐以敗其成業則王室忽焉凋弊如桑之既采民失其蔭而受其病故君子憂之不絕於心悲之益久而不已號天而訴之也

四牡騤騤旟旐有翩亂生不夷靡國不泯民靡有黎具禍以燼於乎有哀國步斯頻

厲王之亂天下征役不息故其民見其車馬旌旗而厭苦之夷平也泯滅也黎衆也具俱也燼灰燼也國步國之動也頻數也畜大物者惡數動之故以國步斯頻爲哀也

國步蔑資天不我將靡所止疑云徂何往君子實維秉
心無競誰生厲階至今爲梗
將養也疑定也競彊也動而無所資天不吾養矣而
王尚不求所止定欲行而安往哉故曰王則實然其
秉心無彊是以不能有所定者夫惟彊而能立然後
可與止亂而起廢
憂心慇慇念我土宇我生不辰逢天僤怒自西徂東靡
所定處多我覯痻孔棘我圉
此章行役者之怨也僤厚也痻病也多矣我之遇病
也急矣我之捍禦也

爲謀爲毖亂況斯削告爾憂恤誨爾序爵誰能執熱逝不以濯其何能淑載胥及溺

毖慎也王豈不爲謀且慎哉然而不得其道適所以長亂而自削耳故告之以其所當憂誨之以敘爵曰誰能執熱而不濯者賢者之能已亂猶濯之能解熱耳今王之所任者其何能善哉則相與入於陷溺而已

如彼遡風亦孔之僾民有肅心荓云不逮好是稼穡力民代食稼穡維寶代食維好

遡鄉也僾唈也肅進也荓使也君子視厲王之亂悶

然如遡風之人唈而不息雖有欲進之心皆曰世亂矣非吾所能及也於是退而稼穡盡其筋力與民同事以代祿食而已當是時也仕進之憂甚於稼穡之勞故曰稼穡維寶代食維好言雖勞而無患也

天降喪亂滅我立王降此蟊賊稼穡卒痒哀恫中國具贅卒荒靡有旅力以念穹蒼

立王王之所恃以立者也痒病也恫痛也贅屬也荒空也言天下無有不罹其禍而至於空匱者也旅衆也言羣臣無肯併力以念天禍者也

維此惠君民人所瞻秉心宣猶考慎其相維彼不順自

獨俾臧自有肺腸俾民卒狂

惠順也民人所瞻言無所隱伏也既持其心又博謀於衆而考之於其輔相此所以無不順也今則不然自獨俾臧自謂賢也自有肺腸自用其心也此民之所以不順也

瞻彼中林甡甡其鹿朋友以譖不胥以穀人亦有言進退維谷

甡甡衆也朋友相譖不能相善曾鹿之不如是以進退無不陷焉者

維此聖人瞻言百里維彼愚人覆狂以喜匪言不能胡

斯畏忌

聖人明於成敗所視而言者百里無遠而不察患人不知禍之將至則反狂以喜雖然彼未必不知也乃以畏王而不敢言耳

維此良人弗求弗迪維彼忍心是顧是復民之貪亂寧爲荼毒

迪進也厲王之於賢者未嘗求而進之至於殘忍之人則顧念重復而不能已上之所好下之所趨也故民貪於昏亂安爲荼毒之行以求合王意

大風有隧有空大谷維此良人作爲式穀維彼不順征

以中垢
隧道也大風之起必有所從來者有空大谷則風之所從起也厲王之不善民之所從惡也征行也垢穢也言善人之作也以用其善小人之行也以播其穢皆發其中之所有於外也
大風有隧貪人敗類聽言則對誦言如醉匪用其良覆俾我悖
風之起也有道類之敗也有自貪人在上則類之所由敗也聽言道聽之言也誦言先王之言也悖逆也由王不用善反使天下皆爲逆德也

嗟爾朋友予豈不知而作如彼飛蟲時亦弋獲既之陰女反予來赫

君子既責其君則又責其僚友曰我豈不知爾所爲哉爾自謂莫吾禁者譬如飛鳥孰能執之然時亦有弋而獲之者憂其獲也覆庇而告之柰何反以言赫我哉

民之罔極職涼善背爲民不利如云不克民之回遹職競用力

民之不可測知職汝信用反覆之人也上之害民如恐不勝故民日以邪僻由上用力而競之也

民之未戾職盜爲寇涼曰不可覆背善詈雖曰匪予旣作爾歌

戾定也民之未定職上有盜賊之臣爲之寇也女苟信以爲是不可則又曷爲反背詈我哉爾雖曰是非我所爲旣作爾歌矣不可欺也

桑柔十六章八章章八句八章章六句

雲漢仍叔美宣王也

仍叔周大夫也

倬彼雲漢昭回于天王曰於乎何辜今之人天降喪亂饑饉薦臻靡神不舉靡愛斯牲圭璧旣卒寧莫我聽

雲漢水之精也昭明也回轉也宣王遭旱而懼夜仰
河漢以觀雨之候而不得曰今之人何罪而罹此禍
靡神不舉而莫吾聽也禮國有凶荒則索鬼神而祭
之

旱既大甚蘊隆蟲蟲不殄禋祀自郊徂宮上下奠瘞靡
神不宗后稷不克上帝不臨耗斁下土丁寧我躬

蘊結也隆盛也蟲蟲熱也殄絕也郊天地也宮宗廟
也上祭天下祭地奠其禮瘞其物宣王憂旱百神無
所不舉然后稷不能救上帝不復饗窮而無告故曰
與其耗敗下土寧使我躬當之無使人人被其患也

旱既大甚則不可推兢兢業業如霆如雷周餘黎民靡有孑遺昊天上帝則不我遺胡不相畏先祖于摧

推遷也言王欲以身當之而不能也兢兢恐也業業危也恐懼之甚如雷霆震於其上也天將不復使我有遺餘胡爲尚不相畏哉先祖之業將於是摧落矣

旱既大甚則不可沮赫赫炎炎云我無所大命近止靡瞻靡顧羣公先正則不我助父母先祖胡寧忍予

沮止也旱既不止民咸曰我無所庇死不遠矣然曾莫有瞻顧之者羣公先正先王之臣也庶官之長曰正

旱既大甚滌滌山川旱魃爲虐如惔如焚我心憚暑憂
心如熏羣公先正則不我聞昊天上帝寧俾我遯
旱甚則山川草木皆盡如滌去也魃旱神也憚畏也
宣王所以祈旱者至矣而莫之答故曰苟吾之不善
不當天心則寧使我遯去以避賢者無以我故苦此
庶民也
旱既大甚黽勉畏去胡寧瘨我以旱憯不知其故祈年
孔夙方社不莫昊天上帝則不我虞敬恭明神宜無悔
怒
始以旱故欲遯去以避賢者既又以爲棄位以避憂

患非人主之義故黽勉不去以求濟斯難畏不敢也
瘨病也方社祭社及四方也虞度也悔恨也
旱既大甚散無友紀鞫哉庶正疚哉冢宰趣馬師氏膳
夫左右靡人不周無不能止瞻卬昊天云如何里
旱既甚國用空竭無以紀綱羣臣朋友故歷告之曰
鞫矣疚矣然而尚相戒以無所不周無以不能而止
宣王遭旱始欲以身當之而不得中欲以身遜之而
不敢故於其終仰而訴之於天曰將使我如何居哉
里居也
瞻卬昊天有嘒其星大夫君子昭假無贏大命近止無

藁爾成何求爲我以戾庶正瞻卬昊天曷惠其寧
昭明也假至也宣王卬以僕雨而見星焉故告其羣
臣曰明矣至矣爾之無私贏矣然民之死亡不遠無
有不周以藁爾之成功且我亦何求爲哉將以定爾
庶正而已未有民不寧而庶官定者也於是又卬而
愬天曰曷不惠而寧之哉

雲漢八章章十句

崧高尹吉甫美宣王也

尹吉甫周之卿士

崧高維嶽駿極于天維嶽降神生甫及申維申及甫維

周之翰四國于蕃四方于宣

山大而高曰崧駿大也唐虞之間姜氏實爲四嶽掌嶽之祀嶽神享之而祐其子孫於周齊許申甫皆其後也在穆王之世其賢者曰甫侯宣王之世曰申伯實能屏翰周室蔽其患難而宣其德澤於天下

亹亹申伯王纘之事于邑于謝南國是式王命召伯定申伯之宅登是南邦世執其功

纘繼也謝周之南土也南陽有申城申伯國也召伯召公虎也登成也

王命召伯是式南邦因是謝人以作爾庸王命召伯徹

申伯土田王命傅御遷其私人
庸城也徹定其稅也傅御傅王治事之臣也私人家
臣也
申伯之功召伯是營有俶其城寢廟既成既成藐藐王
錫申伯四牡蹻蹻鉤膺濯濯
俶作也藐藐深貌也蹻蹻壯貌也濯濯光明貌也
王遣申伯路車乘馬我圖爾居莫如南土錫爾介圭以
作爾寶往近王舅南土是保
圭尺二寸謂之介非諸侯之圭故賜以爲寶近辭也
讀如彼巳之子之巳

申伯信邁王餞于郿申伯還南謝于誠歸王命召伯徹
申伯土疆以峙其粻式遄其行
王在岐周故餞之於郿謝于誠歸誠歸于謝也召伯
之營謝也則已峙其餱糧使廬市有止宿之委積故
能使申伯無留行也
申伯番番既入于謝徒御嘽嘽周邦咸喜戎有良翰不
顯申伯王之元舅文武是憲
番番勇武貌也申伯既入于謝周人皆曰汝有良翰
蔽矣文武是憲言其文武皆足法也
申伯之德柔惠且直揉此萬邦聞于四國吉甫作誦其

詩孔碩其風肆好以贈申伯

揉順也肆極也

崧高八章章八句

烝民尹吉甫美宣王也

天生烝民有物有則民之秉彝好是懿德天監有周昭

假于下保茲天子生仲山甫

人生而耳目心志莫不固有此所謂有物也人莫不

有是物是物莫不有知故耳則能聽目則能視心則

能慮物用其能則知可否此所謂有則也故民能秉

常則莫不好德維其失常乃有不善天之監周也其

明實至於下將保安宣王乃生仲山甫以佐之凡宣王之所以能全其性而無失其常者皆仲山甫之功也詩曰豈弟君子俾爾彌爾性

仲山甫之德柔嘉維則令儀令色小心翼翼古訓是式威儀是力天子是若明命使賦

力勉也若順也賦布也

王命仲山甫式是百辟纘戎祖考王躬是保出納王命王之喉舌賦政于外四方爰發

戎女也發發而應之也

肅肅王命仲山甫將之邦國若否仲山甫明之既明且

哲以保其身夙夜匪解以事一人人亦有言柔則茹之剛則吐之維仲山甫柔亦不茹剛亦不吐不侮矜寡不畏彊禦人亦有言德輶如毛民鮮克舉之我儀圖之維仲山甫舉之愛莫助之袞職有闕維仲山甫補之

輶輕也儀匹也愛惜也袞職王職也上有過失下莫敢言而獨補之此以見其能舉德也

仲山甫出祖四牡業業征夫捷捷每懷靡及四牡彭彭八鸞鏘鏘王命仲山甫城彼東方

王命仲山甫城齊祖祭而行其馬業業而健其徒捷捷而敏猶常恐不及事也東方則齊也

四牡騤騤八鸞喈喈仲山甫徂齊式遄其歸吉甫作誦穆如清風仲山甫永懷以慰其心

此詩言仲山甫其始曰仲山甫之德柔嘉維則令儀令色小心翼翼古訓是式威儀是力此與漢胡廣趙戒何異其終曰人亦有言柔則茹之剛則吐之維仲山甫柔亦不茹剛亦不吐不侮鰥寡不畏彊禦此與漢汲黯朱雲何異胡趙柔而陷於佞汲朱剛而近於狂如仲山甫內剛外柔非佞非狂然後可以爲王者之佐當天下之事矣嗚乎非斯人其誰與歸

烝民八章章八句

韓奕尹吉甫美宣王也

奕奕梁山維禹甸之有倬其道韓侯受命王親命之纘戎祖考無廢朕命夙夜匪解虔共爾位朕命不易榦不庭方以佐戎辟

奕奕大也梁山韓之鎭也禹貢所謂治梁及岐者在今同之韓城甸治也禹之治水也九州之鎭山無所不甸雖梁山亦禹之所甸也韓武之穆也將言韓侯故先敘其國曰梁山之下有倬然之道此韓侯之所從朝周以受命者也戎女也不庭不來庭也辟君也

四牡奕奕孔脩且張韓侯入覲以其介圭入覲于王王

鍚韓侯淑旂綏章簟茀錯衡玄衮赤舄鉤膺鏤鍚鞹鞃
淺幭鞗革金厄
脩長也張大也介圭韓所貢也諸侯秋見天子曰覲
淑善也交龍爲旂綏大綏也眉上曰鍚刻金飾之曰
鏤鍚鞹革也鞃軾中也淺皮也幭覆式也鞗革轡首
也以金爲小鐶而纏搤之
韓侯出祖出宿于屠顯父餞之淸酒百壺其殽維何炰
鼈鮮魚其蔌維何維筍及蒲其贈維何乘馬路車籩豆
有且侯氏燕胥
旣覲而反國必祖者尊其所往去則如始行焉屠地

名也顯父周之卿士也王寵韓侯故使顯父餞之蔌
菜殽也筍竹萌也蒲蒲蒻也且多貌也侯氏諸侯之
與餞者也胥辭也
韓侯取妻汾王之甥蹶父之子韓侯迎止于蹶之里百
兩彭彭八鸞鏘鏘不顯其光諸娣從之祁祁如雲韓侯
顧之爛其盈門
汾王厲王也厲王流于彘彘晉霍邑是也在汾水之上
詩人以目王焉猶言莒郊公黎比公也蹶父周之卿
士姞姓也諸侯一娶九女二國媵之諸娣諸媵也
蹶父孔武靡國不到爲韓姞相攸莫如韓樂孔樂韓土

川澤訏訏魴鱮甫甫麀鹿噳噳有熊有羆有貓有虎慶
既令居韓姞燕譽
蹶父以王事行於四方為其子相善處而嫁之莫如
韓之樂者訏訏甫甫大也噳噳衆也貓似虎而淺毛
慶善也蹶父以此善韓而使韓姞居焉譽樂也
溥彼韓城燕師所完以先祖受命因時百蠻王錫韓侯
其追其貊奄受北國因以其伯實墉實壑實畝實籍獻
其貔皮赤豹黃羆
溥大也燕樂也王以韓侯之先因是百蠻而長之故
錫之以追人貊人受之以北方之國使復為之伯焉

韓侯於是命諸侯各脩其城池治其田畝正其稅法以時貢其所有於王鏞城也壑池也籍稅也

韓奕六章章十二句

江漢尹吉甫美宣王也

江漢浮浮武夫滔滔匪安匪遊淮夷來求既出我車既設我旟匪安匪舒淮夷來鋪

浮浮水盛貌也滔滔順流貌也淮夷夷之在淮上者也鋪病也宣王自周而南出於江漢之間命召公率兵循江而下以伐淮夷行者皆莫敢安徐曰吾之來也維淮夷是求是病言用命也

江漢湯湯武夫洸洸經營四方告成于王四方既平王
國庶定時靡有爭王心載寧
洸洸武貌也淮夷既平遂經營其旁國以告于王
江漢之滸王命召虎式辟四方徹我疆土匪疚匪棘王
國來極于疆于理至于南海
極中也王命召公闢四方之侵地而治其疆界非以
病之非以急之也使來於王國取中焉耳召公於是
疆理其地至南海而止
王命召虎來旬來宣文武受命召公維翰無曰予小子
召公是似肇敏戎公用錫爾祉

旬徧也宣布也肇開也敏疾也公事也南方既平王
命召公來歸於周以徧治四方而布行其政曰昔文
武受命維召康公實爲之翰女實省召公之德開敏
於戎事我是用錫汝以福
釐爾圭瓚秬鬯一卣告于文人錫山土田于周受命自
召祖命虎拜稽首天子萬年
釐賜也秬鬯黑黍酒也卣尊也九命則賜圭瓚秬鬯
以祭文人其先祖之有文德者也既錫之禮命又廣
其封邑使受命於岐周用其祖召康公受封之禮焉
岐周有先王之廟且召康公所從受封也

虎拜稽首對揚王休作召公考天子萬壽明明天子令聞不已矢其文德洽此四國

對答也考成也矢施也王命召公用召祖命故虎之答王亦爲召康公所以對成王命受之辭自天子萬壽以下召康公之遺意也

江漢六章章八句

常武召穆美宣王也

武不可常也宣王之征徐方王猶允塞而徐方既來兵不勞而民不病則可常也然六月歌尹吉甫釆芑歌方叔而在小雅崧高歌申伯烝民歌仲山甫韓奕

歌韓侯江漢歌召虎常武歌皇父而在大雅鑿言之則七詩若無以異精言之則在小雅者皆征伐政事而已在大雅者皆君臣同德有不知其所以然而致者此其所以異也

赫赫明明王命卿士南仲大祖大師皇父整我六師以脩我戎既敬既戒惠此南國

宣王命其卿士皇父南征徐方皇父以卿士而兼大師其大祖南仲則文王之所使伐玁狁者也蓋稱其世功以褒大之

王謂尹氏命程伯休父左右陳行戒我師旅率彼淮浦

省此徐土不留不處三事就緒

尹氏尹吉甫也蓋以卿士兼內史故使之策命程伯休父程伯休父於是始爲司馬故於兵之出也使之左右陳其行列而戒令之曰往循淮之上而視徐土無久留處其地以患苦其民使其三有事之臣復就其業

赫赫業業有嚴天子王舒保作匪紹匪遊徐方繹騷震驚徐方如雷如霆徐方震驚

舒徐也保安也作行也紹急也繹徧也騷動也王之南征也人望其赫赫業業之威而畏之曰有嚴哉天

子也然王則徐而安行不急不緩而徐方之人莫不
震動如雷霆作於其上不遑安矣
王奮厥武如震如怒進厥虎臣闞如虓虎鋪敦淮濆仍
執醜虜截彼淮浦王師之所
師行至於淮上則遂布其師旅敦集其陳以待之旣
戰則多執醜虜王師之所在截然無侵略者
王旅嘽嘽如飛如翰如江如漢如山之苞如川之流緜
緜翼翼不測不克濯征徐國
苞本也緜緜靚也翼翼敬也不測不可測知也不克
不可克勝也濯大也淮上諸侯旣已服從於是始征

徐國

王猶允塞徐方既來徐方既同天子之功四海既平徐方來庭徐方不回王曰還歸

猶道也王將大征徐國兵未及之徒以王道允塞而徐人來服矣來庭來王庭也回違也

常武六章章八句

瞻卬凡伯刺幽王大壞也

瞻卬昊天則不我惠孔塡不寧降此大厲邦靡有定士民其瘵蟊賊蟊疾靡有夷屆罪罟不收靡有夷瘳

塡久也瘵病也夷平也屆極也瘳愈也國有所定則

民受其福無所定則受其病於是有小人爲之蟊賊
刑罰爲之罔罟凡此皆民之所以病也
人有土田女反有之人有人民女覆奪之此宜無罪女
反收之彼宜有罪女覆說之哲夫成城哲婦傾城懿厥
哲婦爲梟爲鴟婦有長舌維厲之階亂匪降自天生天
婦人匪教匪誨時維婦寺
天何以刺何神不富舍爾介狄維予胥忌不弔不祥威
儀不類人之云亡邦國殄瘁天之降罔維其憂矣人之
云亡心之憂矣天之降罔維其幾矣人之云亡心之悲
矣

幾近也

觱沸檻泉維其深矣心之憂矣寧自今矣不自我先不自我後藐藐昊天無不克鞏無忝皇祖式穀爾後

泉之冽也其源深矣幽王之敗其所從來者亦久矣非今日而然也故君子懼而相戒曰天之藐然遠而難信也無有不自戒敕以求鞏固者庶幾上不忝父祖下不危子孫爾

瞻卬七章三章章十句四章章八句

召旻凡伯刺幽王大壞也

因其首章稱旻天卒章稱召公故謂之召旻以別小

旻而已毛氏之序曰旻閔也閔天下無如召公之臣蓋亦衍說矣

旻天疾威天篤降喪瘨我饑饉民卒流亡我居圉卒荒

篤厚也瘨病也卒盡也居國中也圉邊陲也

天降罪罟蟊賊內訌昏椓靡共潰潰回遹實靖夷我邦

訌潰也昏椓刑餘奄人也潰潰亂也靖安也天降罔以執有罪使小人爲蟊賊以潰其內故昏椓羣小不恭之人爲邪僻之行安然而夷滅其國

皐皐訿訿曾不知其玷兢兢業業孔塡不寧我位孔貶

皐皐多告訴也訿訿多讒謗也小人皐皐訿訿曾無

有知其瑕疵者君子居於其間兢兢業業日夜危懼
久而不安猶不能保其位
如彼歲旱草不潰茂如彼棲苴我相此邦無不潰止
潰遂也苴枯草也人之生於此時者憂患多故其生
不樂如旱歲之草不得遂茂如木上之棲苴君子以
是相其國知其潰亂不久也
維昔之富不如時維今之疚不如茲彼疏斯粺胡不自
替職兄自引
言先王之世天下富樂其人固不若是窮矣至於今
世人民疲病亦未有若此之甚者蓋指言幽王大壞

之時也疏麤也粺精也兄益也引長也君子與小人精麤之不同可指而知也小人曷不自替以避君子而乃自任以長此亂也

池之竭矣不云自頻泉之竭矣不云自中溥斯害矣職兄斯弘不烖我躬

頻厓也溥徧也弘大也池水之鍾也泉水之發也故池之竭由外之不入泉之竭由內之不出今外則諸侯不親內則國人不附其害徧至矣然小人猶自任以益大此亂維曰不烖我躬則無所不爲曾不顧其害民以及其國也

昔先王受命有如召公日辟國百里今也日蹙國百里於乎哀哉維今之人不尚有舊

世雖亂豈不猶有舊德可用之人哉言有之而不用耳文王之世周公治內召公治外故周人之詩謂之周南諸侯之詩謂之召南所謂日闢國百里云者言文王之化自北而南至於江漢之間服從之國日益衆耳蓋虞芮質成於周其旁諸侯聞之相帥而歸周者四十餘國然則日闢百里之言不為過矣楚椒舉有言夏桀為仍之會有緡叛之商紂為黎之蒐東夷叛之周幽為太室之盟戎狄叛之皆示諸侯汰也其

後齊桓盟諸侯于葵丘震而矜之叛者九國由此觀之鬪國以禮感國不以禮皆非用兵之謂也近世小人欲以干戈侵虐四鄰求拓土之功者率以召公藉口此楚靈齊湣之事桓文之所不爲而以誣召公烏乎殆哉

召旻七章四章章五句三章章七句

頴濱先生詩集傳卷第十七終

穎濱先生詩集傳卷第十八

清廟之什　周頌

周頌皆有所施於禮樂蓋因禮而作頌非如風雅之詩有徒作而不用者也文武之世天下未平禮樂未備則頌有所未暇至周公成王天下既平制禮作樂而爲詩以歌之於是頌聲始作然其篇第之先後則不可究矣考之以其時則不倫求之以其事則不類意者亦以其聲相從乎清廟之什禮之大者也臣工之什禮之次者也閔予小子之什禮之小者也然時有參差不齊者意者亦以其聲相從也然不可得而

推矣

淸廟祀文王也

於穆淸廟肅雝顯相濟濟多士秉文之德對越在天駿奔走在廟不顯不承無射於人斯

於乎美哉其祀文王於淸廟也有肅肅其敬雝雝其和者實來顯相其禮文王沒矣其神在天其主在廟然士之來助祭者猶不忘秉持其德以對其在天而奔走其在廟者言文王之澤久而不忘豈其不顯不承哉信矣其無厭於人也肅然淸淨曰淸廟對配也越辭也駿長也

清廟一章八句

維天之命太平告文王也

維天之命於穆不已於乎不顯文王之德之純假以溢我我其收之駿惠我文王曾孫篤之

文王受命未終而沒周公成王繼之天下太平以爲文王之德之致也故以告之曰天命之於周久而不已文王亦既沒矣而其德美不亡以大盈溢我後人我後人收之以成太平天命之不已也如此令將以長順文王之心惟爾子孫世益厚之

維天之命一章八句

維清奏象舞也

象文王之樂所謂象箾者蓋文舞也文王之舞謂之象武王之舞謂之武將舞象則先歌維清故其序曰奏象舞而其辭稱文王將舞武則先歌武故其序曰奏大武而其辭稱武王記曰十三舞勺勺大武也十五舞象象象箾也武而謂之勺者勺之序曰告成大武蓋因此詩而名之也

維清緝熙文王之典肇禋迄用有成維周之禎

緝和也熙光也周公之治周也事爲之制曲爲之防是以其國無不脩之政政無不脩清也清則其爲之

也暇而事之也至是以無不和洽而光明者君子推其所由致之曰由文王之法文王之造周也實始肇祭天地先爲之極焉迄于周公遂以有成其成雖當周公之世然其禎祥見於文王矣

維清一章五句

烈文成王即政諸侯助祭也

古之儒者皆言武王崩成王幼不能踐祚周公攝天子位以爲政七年而後反余考於詩書無之古者君薨世子即位諒闇而聽於冢宰三年蓋免喪而復成王之終喪也以幼不能聽政而聽於周公七年而

復故書稱武王崩三監及淮夷畔周公相成王以黜商有大政令未嘗不稱王命也然則成王既已即位矣成王既已即位而周公攝則是二王者也蓋武王崩成王無所復父不得稱子則逾年即位而稱王雖稱王矣而不能治王事故未嘗即政是以周公當國而治事非攝其位蓋行其事也其後七年退而復辟則成王於是即政亦非復其位蓋復其事也故此詩之序曰成王即政即政非即位也苟成王有即位有即政則周公之未嘗攝位明矣或曰即政亦即位也然則未終喪而爲詩以作樂可乎

烈文辟公錫茲祉福惠我無疆子孫保之無封靡于爾邦維王其崇之念茲戎功繼序其皇之無競維人四方其訓之不顯維德百辟其刑之於乎前王不忘

成王朝享於廟諸侯來助者以祖考之命錫之祉福其曰烈文辟公呼而告之也諸侯能奉順王室則子孫安矣無封以專利無靡以專欲則王尊之矣念其先祖之功則繼其序者益大矣勤於擇人則四方順之矣敏於爲德則百辟憲之矣凡此五者先王之所以不忘諸侯而教之也烈光也辟公皆君也

烈文一章十三句

天作祀先生先公也

祀時祀也周之初時祀猶及先公

天作高山大王荒之彼作矣文王康之彼徂矣岐有夷之行子孫保之

高山岐山也大王遷於岐山始荒有之亦既作之矣文王從而安之文王既逝矣岐周之人世載其夷易之道子孫保之不替也

天作一章七句

昊天有成命郊祀天地也

郊謂冬至祭昊天於圜丘夏至祭地祇於方澤詩稱

昊天是以知非祈穀之郊也

昊天有成命二后受之成王不敢康夙夜基命宥密於緝熙單厥心肆其靖之

天將祚周以天下既有成命矣文武受之將成其王業不敢安也夙夜積德以爲受命之基蓋未嘗求之亦未嘗舍之也未嘗求之所謂宥也未嘗舍之所謂密也宥之也者聽其自至也密之也者欲及其時也文武之所以答天命者如此於乎及其和洽而光明也盡其心矣故能定之也此詩有成王不敢康而執競有不顯成康世或以爲此言成王誦康王釗也然

則周頌有康王子孫之詩矣周公制禮禮之所及樂必從之樂之所及詩必從之故頌之施於禮樂者備矣後世無容易之且詩曰成王不敢康夙夜基命宥密又曰自彼成康奄有四方成王非基命之君而周之奄有四方非自成康始也

昊天有成命一章七句

我將祀文王於明堂也

此傳所謂祀文王於明堂以配上帝者也記曰有虞氏禘黃帝而郊嚳祖顓頊而宗堯夏后氏亦禘黃帝而郊鯀祖顓頊而宗禹商人禘嚳而郊冥祖契而宗

湯周人禘嚳而郊稷祖文王而宗武王鄭氏以祖宗爲明堂之配而王氏以祖宗爲不毀之廟乎竊以鄭氏爲不然何者四代之所禘皆其祖之所自出廟之所不及者也其所祖者廟之所自始者也其所郊者先世之有功者也其所宗者近世之有功者也有虞氏繼堯堯嚳非其姓也故禘黃帝而郊嚳祖顓頊而宗堯黃帝顓頊之所自出而顓頊舜之祖此其不可易者也堯嚳則舜之所繼而有功者也故舜之將攝也受終于文祖堯之祖也禹之將攝也受命于神宗舜之宗也將以天下予人必告其所從受天下舜之

所從受天下者堯也則舜之以堯爲宗也明矣夏商之所禘祖猶舜也而其所郊宗則其世之有功者也至周亦然其所以爲異者后稷祖也文武皆王業之所自成也故雖以后稷爲太祖而其禘於廟也先公之主禘於稷廟先王之主禘於文武之廟雖其所以禘太祖也雖爲文王之詩故文王亦祖矣文王爲祖故后稷升於郊此其所以異於夏商而已故祖宗之號非所以施於明堂也

我將我享維羊維牛維天其右之儀式刑文王之典日靖四方伊嘏文王既右享之我其夙夜畏天之威于時

保之
將奉也享獻也其饗上帝於明堂也奉其牛羊而獻之曰天其尚右我而饗此乎蓋不敢必也故自託於文王庶幾可以致之曰我今儀式刑文王之典以靖天下苟天不遺文王而嘏之其亦旣右饗我哉天之難致也如是是以夙夜畏天之威而保文王之法庶幾可得而致也

我將一章十句

時邁巡守告祭柴望也

時邁其邦昊天其子之實右序有周薄言震之莫不震

疊懷柔百神及河喬嶽允王維后明昭有周式序在位
載戢干戈載櫜弓矢我求懿德肆于時夏允王保之
王者以時巡行邦國曰天其尚子我哉則曰天實右
序我有周矣不然四方之諸侯豈其薄震動之而無
不震慴以歸周者我是以能巡守於方嶽柴告天地
望秩山川徧於羣神信矣我周王維君矣然我有周
豈以是求多於諸侯哉蓋亦次序其朝之羣臣斂其
甲兵而收藏之求有德之人而布之於諸夏以藩屏
周室如是而已然後信能保有天下此所謂明也

時邁一章十五句

執競祀武王也

執競武王無競維烈不顯成康上帝是皇自彼成康奄有四方斤斤其明鐘鼓喤喤磬筦將將降福穰穰降福簡簡威儀反反既醉既飽福祿來反

競彊也武王持其彊心爲而不捨故天下莫能與之競遂成其王業而安之爲天之所君夫周之興也遠矣至於武王成而安之然後能奄有四方使其明無所不至凡今所以能備其禮樂脩其祭祀以受多福者皆武王之德之致也喤喤和也將將集也穰穰衆也簡簡大也反反順習也反反復也

執競一章十四句

思文后稷配天也

周頌有祭天之詩三焉其一曰昊天有成命以郊祀天地此所謂禘嚳祀昊天於圜丘而以嚳配之者也其二曰我將祀文王於明堂此所謂宗祀文王於明堂以配上帝者也其三曰思文后稷配天此所謂郊稷禘其祖之所自出而以其祖配之者也此三者其說皆出於鄭氏古之論郊祀者莫密於鄭氏然世或以其怪而不信乎以爲鄭氏近之而不善言之故爲之辯曰天一而已然而天有五行五行之神而尊之

曰五帝不可謂無六天也古之帝王以五行之德迭王天下故以火德者曰炎帝以土德者曰黃帝古之帝王以五德相授而有天下其來尚矣至於周而爲木故以其行王天下則又特祀其神此亦理之當然也然鄭氏之說則怪矣曰昊天者耀魄寶蒼帝者靈威仰赤帝者赤熛怒黃帝者含樞紐白帝者白招拒黑帝者叶光紀帝王之以其德王天下者皆其所感而生也此尚何以使學者信之然鄭氏之所謂感生者禮之所謂祖之所自出也然則記者亦過矣史稱秦襄公居西方自以爲主少皞之神故作西畤以祀

白帝其後宣公作密畤以祀青帝靈公作吳陽上畤以祀黄帝下畤以祀炎帝漢高帝曰吾聞天有五帝而不足一何也於是復作北畤以祀黑帝其說皆與鄭氏合故鄭氏之說古矣而所以言之非也若夫王氏之學有昊天而無五行故曰禮之所謂禘嚳者大祭於廟而以嚳爲祖也所謂郊稷者祀昊天而以稷配也所謂祀文王於明堂者亦以配昊天也予竊而非之何者周人推其受命祖曰文王始封之祖曰后稷故周人之廟至稷而止又推而上之曰后稷生於姜嫄則又立姜嫄之廟曰先妣姜嫄帝嚳之妃而特

立廟則嚳無廟矣無廟則無主無主則無以禘無廟則無所禘將禘於后稷之廟是以父而下禘於子孫之廟非禮也且夫肅之所謂其祖之自出者嚳也以嚳爲祖之所自出可也未有禘祖之父而以祖配之者也王者之祭天地維外之故爲之配以主之禘祖之父而爲之配是外祖之父也由是言之嚳不得與宗廟之禘而祖之所自出者非嚳則所謂禘嚳者誠配天也

思文后稷克配彼天立我烝民莫匪爾極貽我來牟帝命率育無此疆爾界陳常于時夏

堯遭洚水之患黎民阻饑后稷播百穀以食之然後民復粒食乎方是時也天降嘉種以遺之使徧養於四方無曰此吾疆也彼爾界也布之於諸夏使常種之而後已立粒通極中也能粒烝民者后稷之功也能建皇極者后稷之德也使稷有粒民之功而無皇極之德物我遠近存於心則安能陳常于時夏若此其廣乎惟其功德相濟是以謂之文也不然服田力穡之人而能使其子孫代有天下八百年不絶乎自后稷以來世之有功於民者爲不少矣而未見有其德者是以終不能有天下雖或有天下亦未見若是

其久者也得非其舊曰乎來牟麥也

思文一章八句

臣工之什　周頌

臣工諸侯助祭遣於廟也

嗟嗟臣工敬爾在公王釐爾成來咨來茹嗟嗟保介維莫之春亦又何求如何新畬於皇來牟將受厥明明昭上帝迄用康年命我衆人庤乃錢鎛奄觀銍艾

釐賜也茹度也保介車右也月令孟春天子親載耒耜錯之于參保介之御閒田一歲曰新二歲曰畬庤具也錢銚也鎛鎒也銍穫也諸侯朝正於王因助祭

於廟祭終而遣之遂戒其羣臣百工曰戒爾公事王旣賜爾成法有所不知則來咨度以定之旣又戒其車右曰今旣莫春矣其亦視爾田事問其如何而勸督之昔后稷播殖百穀天實降之嘉種大受其明以至于今常有豐歲爾其亦使衆人具其田器以勸田事其亦大有刈矣

臣工一章十五句

噫嘻春夏祈穀于上帝也

所謂啓蟄而郊龍見而雩是也

噫嘻成王旣昭假爾率時農夫播厥百穀駿發爾私終

三十里亦服爾耕十千維耦
噫嘻歎也天之所以成我王業者既昭至矣我今率是佃田之農夫令無不咸播百穀曰其大發爾私盡三十里而後已既令之民之服其耕者萬人皆出於野言人事盡矣所不足雨耳是以告之天也私民田也上之告民則先其私民之奉上則先其公曰雨我公田遂及我私交相愛也周官凡治野夫閒有遂遂上有徑十夫有溝溝上有畛百夫有洫洫上有塗千夫有澮澮上有道萬夫有川川上有路萬夫之地方三十二里有半言三十里舉成數也耜廣五寸二耜

爲耦萬夫故萬耦

噫嘻一章八句

振鷺二王之後來助祭也

二王後杞宋也

振鷺于飛于彼西雝我客戾止亦有斯容在彼無惡在此無斁庶幾夙夜以永終譽

振振羣飛貌也雝澤也二王之後於周爲客戾至也言客之至於廟者其容貌之脩潔如鷺之集於澤也在彼在國也在此在周也在國無惡之者在周無厭之者然猶庶幾其能夙夜以永終此譽愛之至也

振鷺一章八句

豐年秋冬報也

報謂秋祭四方冬祭八蜡

豐年多黍多稌亦有高廩萬億及秭爲酒爲醴烝畀祖妣以洽百禮降福孔皆

稌稻也數萬至萬曰億數億至億曰秭烝進也畀予也皆徧也豐年載芟皆非宗廟之詩而曰烝畀祖妣何也以爲所以能進享先祖者皆方蜡社稷之功也

豐年一章七句

有瞽始作樂而合乎祖也

始作樂謂周公始成大武也祖謂太祖文王也

有瞽有瞽在周之庭設業設虡崇牙樹羽應田縣鼓鞉磬柷圉既備乃奏簫管備舉喤喤厥聲肅雝和鳴先祖是聽我客戾止永觀厥成

瞽樂官也崇牙上飾也樹羽置羽也應小鞞也田當作朄應鞞之屬也皆在縣鼓之上縣鼓大鼓也周人始縣鞉鞉小鼓也柷椌也圉揭也簫編小竹管爲之管如篴併而吹之

有瞽一章十三句

潛季冬薦魚春獻鮪也

季冬魚潔而美春鮪新來故獻於宗廟
猗與漆沮潛有多魚有鱣有鮪鰷鱨鰋鯉以享以祀以介景福
漆沮岐周之二水也潛槮也鱣大鯉也鮪鮥也鰷白鰷也鰋鮎也
潛一章六句
雝禘太祖也
禘宗廟之大祭所謂禘祫者也太祖文王也或言周人以諱事神而此詩有克昌厥後則太祖非文王也然周之所謂諱者不以其名號之耳不遂廢其文也

諱其名而廢其文者後世之禮而非周之故疑之過
矣
有來雝雝至止肅肅相維辟公天子穆穆於薦廣牡相
予肆祀
其來也和其至也敬其助者公侯其薦者天子也故
於其薦大牡也皆助陳其饌言得天下之歡心也
假哉皇考綏予孝子宣哲維人文武維后燕及皇天克
昌厥後綏我眉壽介以繁祉既右烈考亦右文母
大哉我皇考文王之安我也其臣明哲其君文武故
能安人以及於天天地神人莫不蒙享其利故能昌

其後嗣安之以眉壽助之以多福然此非獨文王之致也文母大姒之德亦有以右我矣大禘之禮先王之臣有與祭者故於是稱宣哲維人焉

雝一章十六句

載見諸侯始見乎文武廟也

烈文言成王即政諸侯助祭而載見言諸侯始見乎武王廟則載見之作也成王未即政歟

載見辟王曰求厥章龍旂陽陽和鈴央央鞗革有鶬休有烈光率見昭考以孝以享以介眉壽永言保之思皇多祜烈文辟公綏以多福俾緝熙于純嘏

載始也軾前曰和旂上曰鈴鶬金飾貌也諸侯始來見王求法度以好其車服從之以祭武王之廟思介之以眉壽而大其多祜而王之所以待辟公者則亦以多福綏之使和合於神之所嘏言君臣相與之厚也

載見一章十四句

有客微子來見祖廟也

有客有客亦白其馬有萋有且敦琢其旅有客宿宿有客信信言授之縶以縶其馬薄言追之左右綏之既有淫威降福孔夷

殷尚白亦仍也言仍殷之舊也萋萋且且敬愼貌也
敦琢選擇之也旅其卿大夫也一宿曰宿再宿曰信
縶其馬者愛之不欲其去也追送也左右綏之言所
以安之無方也淫大也夷易也能威人則能福人矣
愛之至故欲其能威福人也

有客一章十二句

武奏大武也

於皇武王無競維烈允文文王克開厥後嗣武受之勝
殷遏劉耆定爾功

於乎大矣武王無競之功文王闢之也文王既開其

迹武王嗣而受之勝殷而止其殺人其成功也老矣

武迹也遏止也劉殺也耆考也

武一章七句

閔予小子之什　周頌

閔予小子嗣王朝於廟也

閔予小子遭家不造嬛嬛在疚於乎皇考永世克孝念兹皇祖陟降庭止維予小子夙夜敬止於乎皇王繼序思不忘

成王始見於宗廟自傷嬛嬛無所依怙曰於乎我皇考武王終身能孝維念我皇祖文王以其直心陟降

天人之際無有不違今我夙夜敬止則亦不忘此而
已蓋周之先君能陟降在帝左右者惟文王也庭直
也

閔予小子一章十一句

訪落嗣王謀於廟也

訪予落止率時昭考於乎悠哉朕未有艾將予就之繼
猶判渙維予小子未堪家多難紹庭上下陟降厥家休
矣皇考以保明其身

閔予小子成王朝廟言將繼其祖考之詩也訪落謀
所以繼之之詩也訪謀也落始也曰予將謀之於始

以循我昭考武王之德然而其道遠矣予不能及也將使予勉彊以就之猶恐判渙不合也今將紹文王以其直心交際上下常若陟降近在其家者美哉此皇考之所以保明其身者將何以致此哉

訪落一章十二句

敬之羣臣進戒嗣王也

敬之敬之天維顯思命不易哉無曰高高在上陟降厥士日監在茲維予小子不聰敬止日就月將學有緝熙于光明佛時仔肩示我顯德行

敬之羣臣所以答訪落也故戒之曰天命之於人顯

矣不可易也無謂其高而不吾察非獨人君陟降在
帝左右天亦常陟降以察其士而況於王乎王之不
可不敬者如此王曰我未能明所謂敬者庶幾日有
所就月有所成講之以學使心之光明者和洽而見
於外又屬任輔拂使導我以德行可以答天顯者然
後敬可得也佛輔也仔肩任也

敬之一章十二句

小毖嗣王求助也

毖慎也慎之於小則大患無由至矣

予其懲而毖後患莫予荓蜂自求辛螫肇允彼桃蟲拚

飛維鳥未堪家多難予又集于蓼

荓使也桃蟲鷦鷯也古語曰鷦鷯生鵰始小而終大蓼取其辛苦也成王始信二叔以疑周公既而悟其姦故曰予其懲是以毖後患羣臣勿使予者矣予猶蜂耳苟使予予將螫女昔也始信以爲是桃蟲耳無能爲也及其翻然而飛則大鳥也予方未堪多難而又集於辛苦之地其柰何舍我而弗助哉

小毖一章八句

載芟春籍田而祈社稷也

禮王爲民立社曰大社自爲立社曰王社王社在籍

田中耤田所祈也

載芟載柞其耕澤澤千耦其耘徂隰徂畛侯主侯伯侯亞侯旅侯彊侯以有嗿其饁思媚其婦有依其士有略其耜俶載南畝播厥百穀實函斯活驛驛其達有厭其傑厭厭其苗緜緜其麃載穫濟濟有實其積萬億及秭爲酒爲醴烝畀祖妣以洽百禮有飶其香邦家之光有椒其馨胡考之寧匪且有且匪今斯今振古如茲

載始也也除草曰芟除木曰柞澤澤解散也耘除根株也隰新發之田也畛舊田有術路者也主家之長也伯其長子也亞仲叔也旅衆子弟也強民之有餘力

而來助者所謂强予也能左右之曰以所謂閭民轉徙執事者也嗿嗜食聲也依愛也略利也函含也活生也既播之其實含氣而生也驛驛苗生貌也達出土也厭厭然茂甚也傑先長者也緜緜詳密也麃耘也濟濟人衆貌也飶椒皆香也以燕饗賓客則邦家之光也以養耆老則胡考之所以安也且此也振自也

載芟一章三十一句

良耜秋報社稷也

畟畟良耜俶載南畝播厥百穀實函斯活或來瞻女載

筐及筥其饟伊黍其笠伊糾其鎛斯趙以薅荼蓼荼蓼
朽止黍稷茂止穫之挃挃積之栗栗其崇如墉其比如
櫛以開百室百室盈止婦子寧止殺時犉牡有捄其角
以嗣以續續之古人

畟畟嚴利也或來瞻女婦子之來饁者也筐筥饟具
也糾然笠之輕舉也趙刺也荼陸草也蓼水草也挃
挃穫聲也栗栗精也百室一族之人也族人輩作相
助故同時入穀犉牡社稷之牲也以嗣以續興來歲
繼往歲也續古之人庶幾不替其先也

良耜一章二十三句

絲衣繹賓尸也

祭之明日復祭曰繹所以賓尸也天子諸侯曰繹以祭之明日卿大夫曰賓尸以祭同日周曰繹商曰肜毛氏之序稱高子之言曰靈星之尸也絲衣本宗廟之詩其稱靈星旣已失之然又有以知毛氏雜取衆說以解經非皆子夏之言凡類此耳

絲衣其紑載弁俅俅自堂徂基自羊徂牛鼐鼎及鼒兕觥其觩旨酒思柔不吳不敖胡考之休

絲衣爵弁士助祭服也紑鮮潔貌也俅俅恭也堂門堂也基門塾之基也鼐鼎大鼎也鼒鼎小鼎也吳譁也禮

繹於廟門之外其禮薄於正祭故使士升門堂視壺濯及籩豆降適於基告濯具遂視牲自羊而之牛反告充已乃舉鼎冪告潔然後祭祭終旅酬而置罰爵無有讙譁敖慢者於是神畀之以胡考之福

絲衣一章九句

酌告成大武也

於鑠王師遵養時晦時純熙矣是用大介我龍受之蹻蹻王之造載用有嗣實維爾公允師

鑠盛也遵循也熙光也介助也蹻蹻武貌也載始也公事也文王有於鑠之師而不用退自循養與時皆

晦晦而益明其後既純光矣則天下無不助之者文王於是遂寵受之蹻然起而王之夫文王既造其始矣故其後有嗣之者武王之興也實維文王之事信爲之師夫方其不可而晦見其可而王之此所以爲酌也而毛詩之序曰能酌先祖之道以養天下則是詩之所不言也

酌一章八句

桓講武類禡也

王者將出征則講武而類上帝禡于所征之地

綏萬邦婁豐年天命匪解桓桓武王保有厥士于以四

方克定厥家於昭于天皇以閒之

武王克商以安天下屢獲豐年之祥矣然天命之於周久而不厭也故武王桓桓保有其衆用之四方于以安定其國家其德上昭于天遂以代商有天下言武之不可廢也皇君也閒代也

桓一章九句

賚大封於廟也

賚予也

文王既勤止我應受之敷時繹思我徂維求定時周之命於繹思

敷布也時是也繹陳也思辭也文王之勤勞天下至矣其子孫應受而有之然而不敢專也是以布陳之以與人維以行求天下之定而已非求利也此周之所以命諸侯者於乎其陳之歎之也

賚一章六句

般巡守而祀四嶽河海也

般般遊也

於皇時周陟其高山嶞山喬嶽允猶翕河敷天之下裒時之對時周之命

嶞狹長也喬高也猶道也翕河大河受衆水者也裒

總也對答也於乎美哉王之巡行天下也陟其山嶽
而道於大河思其有功於民是以至于敷天下無不
總答其功者此周之命也

般一章七句

頴濱先生詩集傳卷第十八終

潁濱先生詩集傳卷第十九

駉　　魯頌

魯少昊之墟而禹貢徐州大野蒙羽之野成王以封周公之子伯禽十九世至僖公魯人尊之其沒也其大夫季孫行父請於周而史克爲之頌然魯以諸侯而作頌世或非之余以爲不然詩有天子之風有諸侯之風有天子之頌有諸侯之頌二者無在而不可凡爲是詩者則爲是名矣古之王者治其室家而後及於其國故以家爲本以國爲末家者風之所自出而國者雅之所自成也其爲本也必約而精其爲末

也必大而麤約而精者其微也大而麤者其著也微則易失著則難喪是以文武之詩始於二南而繼之以二雅先其本也方其盛也其風加於天下横被而獨見則有二南而無諸侯之風其後王德既衰衰始於室家二南之風先絶而不繼國異政家殊俗則周人之風不能及遠而獨爲黍離諸侯之風分裂而爲十一故風之爲詩無所不在也當是時也王者之風雖亡然其所以爲國猶在也故雖幽厲之世而雅不絶至於平王東遷而喪其所以爲國則雅於是遂廢故詩惟雅爲非天子不作也頌之爲詩本於其德而

已故天子有德於天下則天下頌之諸侯有德於其國則國人頌之商周之頌天下之頌也魯人之頌其國之頌也故頌之爲詩無所不在也是二者無所不在故其用之於樂也亦然記曰天子之射也以騶虞爲節諸侯以貍首爲節大夫以采蘋爲節士以采蘩爲節諸侯相見歌文王大明緜大饗升歌清廟下而管象客出以雍徹以振羽饗鄰國之使歌鹿鳴四牡皇皇者華天子諸侯未有不以風雅頌爲樂之節者也然古之說詩者則不然曰一國之事繫一人之本謂之風言天下之事形四方之風謂之雅美盛德之

形容而告於神明謂之頌然則風之作本於諸侯而雅頌之作本於天子及其考之於詩而不然於是從而爲之說曰二南之爲風文王之未王也黍離之爲風大師之自黜也魯之爲頌諸侯之僭也及其考之於樂而不然於是又從而爲之說曰天子之樂之歌風下就也諸侯之樂之歌雅上取也既爲一說而不合又爲一說以救之要將以尊天子而黜諸侯是以學者疑之今將折之莫若反而求其所以爲風爲頌之實曰風言其風俗之實也頌頌其德頌之實也豈有天子而無俗諸侯而無德者哉蓋古之王者慎其

德而無失其政使天下之諸侯不善者廢善者不能獨見其化一出於天子未嘗禁其爲詩而其詩亦無由而作也及至王德已衰諸侯國自爲政善惡雜然交見於下雖欲禁其爲詩其勢亦不可得止矣故未嘗爲之制徒一其政於天下則天子之詩獨見於世諸侯之詩熄矣

駉頌僖公也

駉駉牡馬在坰之野薄言駉者有驈有皇有驪有黃以車彭彭思無疆思馬斯臧

駉駉腹幹肥張也邑外謂之郊郊外謂之牧牧外謂

之野野外謂之林林外謂之坰農利於近而遠不害
馬故養馬於坰不以馬害農也驪馬白跨曰驈黃白
曰皇純黑曰驪黃騂曰黃彭彭有力容也諸侯六閑
馬四種有良馬有戎馬有田馬有駑馬故此詩四章
以次言之僖公推其誠心以治其國家其思慮無所
不及以爲不可徧舉故舉其一曰思馬斯臧苟思馬
而馬善則凡其思慮之所及未有不善者也非至誠
而能若是乎

駉駉牡馬在坰之野薄言駉者有騅有駓有騂有騏以
車伾伾思無期思馬斯才

蒼白雜毛曰騅黃白雜毛曰駓赤黃曰騂蒼祺曰騏
伾伾有力也才材力也
駉駉牡馬在坰之野薄言駉者有驒有駱有駵有雒以
車繹繹思無斁思馬斯作
青驪驎曰驒白馬黑髦鬣曰駱赤身黑鬣曰駵黑身白
鬣曰雒繹繹善走也斁厭也作奮起也
駉駉牡馬在坰之野薄言駉者有駰有騢有驔有魚以
車祛祛思無邪思馬斯徂
陰白雜毛曰駰彤白雜毛曰騢豪骭曰驔二目白曰
魚祛祛強健也徂行也孔子曰詩三百一言以蔽之

曰思無邪何謂也人生而有心心緣物則思故事成於思而心喪於思無思其正也有思其邪也有心未有無思者也思而不留於物則思而不失其正正存而邪不起故易曰閑邪存其誠此思無邪之謂也然昔之爲此詩者則未必知此也孔子讀詩至此而有會於其心是以取之蓋斷章云爾

駉四章章八句

有駜頌僖公也

有駜有駜駜彼乘黃夙夜在公在公明明振振鷺鷺于下鼓咽咽醉言舞于胥樂兮

駜馬肥強貌也人之於馬也將用其力則致其養以肥強之馬之肥強非有所自用亦以爲人用而已僖公盡其養以養臣臣盡其力以報君亦猶是故曰夙夜在公在公明明言未始不在公也僖公於是燕之以禮樂士之來者如鷺之集其醉者或起舞以相樂和之至也

有駜有駜駜彼乘牡夙夜在公在公飲酒振振鷺鷺于飛鼓咽咽醉言歸于胥樂兮有駜有駜駜彼乘駽夙夜在公在公載燕自今以始歲其有君子有穀詒孫子于胥樂兮

青驪曰駽有歲豐年也穀祿也臣安其君故願其富
且有後也
有駜三章章九句
泮水頌僖公也
此詩言既作泮宮遣將出兵以克淮夷閟宮言公子
奚斯作新廟今考於春秋其事皆不載世有以是疑
二詩之妄者予嘗辨之泮宮魯之學也閟宮魯之廟
也自魯先君而有之矣僖公因其舊而脩之是以不
見於春秋至於淮夷之功予亦疑焉然此詩有之式
固爾猶淮夷卒獲有所未獲而欲終之則其所獲尚

少也自僖公至於孔子八世事之小者容有失之其大者未有不錄也今此詩之言甚美而大則君臣之辭歟或曰以君臣而爲此辭可也而孔子錄之可乎曰維可之是以錄之錄其所可而去其所不可此孔子之所以爲詩也子貢曰紂之不善不如是之甚也是以君子惡居下流天下之惡皆歸焉孟子曰吾於武成取二三策而已以至仁伐不仁何其流血之漂杵夫二子之言信矣然孔子未嘗以廢周書蓋好惡之言必有過者要不以惡爲善則已矣此達者之所自諭也

思樂泮水薄采其芹魯侯戾止言觀其旂其旂茷茷鸞聲噦噦無小無大從公于邁

天子之學曰辟雝諸侯曰泮宮辟雝水圜如璧泮宮半之也僖公作泮宮而其民樂之曰吾思樂泮水之上雖無所得聊采其芹而足矣況於往而見魯侯哉茷茷飛揚也噦噦和也

思樂泮水薄采其藻魯侯戾止其馬蹻蹻其馬蹻蹻其音昭昭載色載笑匪怒伊教

僖公之至於泮宮也則好其顏色和其笑語未嘗有所怒也教之而已

思樂泮水薄采其茆魯侯戾止在泮飲酒既飲旨酒永錫難老順彼長道屈此羣醜

茆鳧葵也僖公與其羣臣飲酒於泮宮咸願神錫之以難老使之順從長道以屈羣衆夫苟無其人雖有其道不能從也苟無其道雖有其衆不能服也是以願僖公之難老也

穆穆魯侯敬明其德敬慎威儀維民之則允文允武昭假烈祖靡有不孝自求伊祜

烈祖伯禽也僖公信文且武其明至於伯禽故魯人化之無有不孝者

明明魯侯克明其德既作泮宮淮夷攸服矯矯虎臣在泮獻馘淑問如皐陶在泮獻囚

古之出兵受成於學及其反也釋奠於學而以訊馘告

濟濟多士克廣德心桓桓于征狄彼東南烝烝皇皇不吳不揚不告于訩在泮獻功

狄古逖通訩訟也言其羣臣無忿猾之心故於其征淮夷而逖遠之於東南也雖烝烝皇皇其衆大未嘗有讙譁輕揚相告於訟者是以能成功而還獻之於泮宮

角弓其觩束矢其搜戎車孔博徒御無斁既克淮夷孔
淑不逆式固爾猶淮夷卒獲
觩弓健貌也搜矢疾聲也束矢百矢也僖公兵戎精
繕士卒競勸故能克淮夷甚善而不逆君子於是告
之使益固其道庶幾淮夷可以盡得也
翩彼飛鴞集于泮林食我桑黮懷我好音憬彼淮夷來
獻其琛元龜象齒大賂南金
鴞惡聲鳥也食泮林之黮而猶以好音歸之況於人
安有不化服者哉憬覺悟也琛寶也賂遺也南金荆
揚之金也荆揚之貨其至於齊魯也自淮而上

泮水八章章八句

閟宮頌僖公也

毛詩之序曰駉頌僖公也有駜頌僖公君臣之有道也泮水頌僖公能脩泮宮也閟宮頌僖公能復周公之宇也夫此詩所謂居常與許復周公之宇者人之所以願之而其實則未能也而遂以爲頌其能復周公之宇是以知三詩之序皆後世之所增而駉之序則孔氏之舊也

閟宮有侐實實枚枚赫赫姜嫄其德不回上帝是依無災無害彌月不遲是生后稷降之百福

魯以周公故得立姜嫄之廟僖公脩而新之閟深也
侐清淨也實實鞏固也枚枚礱密也
黍稷重穋稙穉菽麥奄有下國俾民稼穡有稷有黍有
稻有秬奄有下土纘禹之緒
先種先熟曰稙後種後熟曰穉洪水既平后稷乃始
播種百穀故曰纘禹之緒
后稷之孫實維大王居岐之陽實始翦商至于文武纘
大王之緒致天之届于牧之野無貳無虞上帝臨女敦
商之旅克咸厥功
届極也敦幷之也咸兼也能兼舉先祖之功也

王曰叔父建爾元子俾侯于魯大啓爾宇爲周室輔乃
命魯公俾侯于東錫之山川土田附庸
王成王也叔父周公也元子魯公伯禽也附庸不能
自達於天子而附於大國也
周公之孫莊公之子龍旂承祀六轡耳耳春秋匪解享
祀不忒皇皇后帝皇祖后稷享以騂犧是饗是宜降福
旣多
莊公之子僖公也成王以周公有大功於王室故命
魯公以夏正郊祀上帝配以后稷牲用騂牲
周公皇祖亦其福女秋而載嘗夏而楅衡白牡騂剛犧

尊將將毛炰胾羹籩豆大房萬舞洋洋孝孫有慶俾爾熾而昌俾爾壽而臧保彼東方魯邦是常不虧不崩不震不騰三壽作朋如岡如陵

皇祖伯禽也福衡施於牛角所以止觸也秋將嘗而夏福衡其牛言夙戒也白牡周公之牲也騂剛魯公之牲也羣公不毛犧尊之以牛飾者也毛炰豚也胾切肉也羹大羹鉶羹也大房半體之俎也慶尸嘏主人也其下皆嘏辭也三壽三卿也此二章言僖公致敬郊廟而神降之福也

公車千乘朱英綠縢二矛重弓公徒三萬貝冑朱綅烝

徒增增戎狄是膺荆舒是懲則莫我敢承俾爾昌而熾
俾爾壽而富黄髪台背壽胥與試俾爾昌而大俾爾耆
而艾萬有千歲眉壽無有害

大國之賦千乘兵車之制甲士三人左持弓右持矛
中人御朱英所以飾矛緑縢所以約弓也周禮萬二
千五百人爲軍魯自襄公始作三軍僖公之世二軍
而已二軍而曰三萬成數也司馬法兵車千乘爲七
萬五千人而曰公徒三萬者大國之賦適滿千乘苟
盡用之是舉國而行也故其用之也大國三軍次國
二軍而已貝胄貝飾胄也朱綅所以綴也增增衆也

膺當也承禦也可以當戎狄懲荊舒而莫之禦云言其强也此二章言僖公治其軍旅繕其車甲器械故其民無不欲其昌大壽考而託之以爲安也壽胥與試者願其壽而相與試其才力以爲之用也

泰山巖巖魯邦所詹奄有龜蒙遂荒大東至于海邦淮夷來同莫不率從魯侯之功保有鳧繹遂荒徐宅至于海邦淮夷蠻貊及彼南夷莫不率從莫敢不諾魯侯是若天錫公純嘏眉壽保魯居常與許復周公之宇魯侯燕喜令妻壽母宜大夫庶士邦國是有既多受祉黃髮兒齒

泰山齊魯之望也詹至也龜蒙鳧繹魯之四山也故
春秋齊人歸鄆讙龜陰之田禹貢徐州蒙羽其乂嶧
陽孤桐魯之疆則止於此四山其餘則其東南勢相
聯屬可以服從之國也常許魯之故地而未復者也
春秋鄭伯以璧假許田常或作嘗齊有孟嘗豈爲齊
所侵歟此三章言僖公懷柔遠方至於淮海蠻貊之
國莫不服從而願其壽考以復魯之侵地宜其室家
臣庶以保有其所服從之國也

徂徠之松新甫之柏是斷是度是尋是尺松桷有舃路
寢孔碩新廟奕奕奚斯所作孔曼且碩萬民是若

徂徠新甫皆山也八尺曰尋舄大貌也新廟姜嫄廟也脩舊曰新奚斯公子子魚也曼脩廣也僖公上爲神之所福内爲國人之所安外爲鄰國之所懷於是脩舊起廢治其宫室寢廟以順萬民之望

閟宫十三章五章章九句四章章八句一章十二句一章十一句二章章十句

此詩百二十句舊分八章非也當以此爲正

那

商頌

契爲舜司徒而封於商傳十四世而成湯受命其後既衰則三宗迭興及紂爲武王所滅封其庶兄微子

啓於宋以奉商後其地在禹貢徐州泗濱西及豫州
孟豬之野其後政衰商之禮樂日以放失七世至戴
公其大夫正考父得商頌十二篇於周太師歸以祀
其先王至孔子編詩而亡其七篇然春秋之際大國
略皆有變風宋魯獨無風而有頌鄭氏疑而爲之說
曰宋王者之後也魯聖人之後也是以天子巡守不
陳其詩蓋所以禮之也予聞周之盛時千八百國雖
後世陵遲力強相吞而春秋所見猶百有七十餘國
變風之作先於春秋數世矣而詩之載於太師者獨
十三國其不見於詩者豈復皆有說哉意者列國不

皆有詩其有詩者雖檜曹之小邶鄘魏之亡而有不
能已其無詩者雖燕蔡之成國宋魯之禮樂而有不
能作且非獨此也齊桓晉文霸者之盛也而皆不得
有詩桓附於衞文附於秦皆止於一見衞莊姜齊襄
公鄭昭公事至微矣然其詩屢作而不止蓋事有適
然而無足疑者若夫吳楚之國雖大而用夷且僭周
室則雖其無詩蓋亦學者之所不道也

那祀成湯也

猗與那與置我鞉鼓奏鼓簡簡衎我烈祖湯孫奏假綏
我思成鞉鼓淵淵嘒嘒管聲既和且平依我磬聲於赫

湯孫穆穆厥聲庸鼓有斁萬舞有奕我有嘉客亦不夷懌自古在昔先民有作溫恭朝夕執事有恪顧予烝嘗湯孫之將

猗美也那多也置植也夏足鼓商植鼓周懸鼓鞉鼓皆所以節樂也衎樂也假至也磬玉磬也庸大鐘也客二王後也將奉也記曰商人尚聲臭味未成滌蕩其聲樂三闋然後出迎牲故其祀成湯也取其所植鞉鼓而奏之以作樂以樂其烈祖成湯樂奏而湯孫至日以是安我所思成之人記曰齋之日思其居處思其笑語思其志意思其所樂思其所嗜齋三日乃

見其所爲齋者凡此皆非有也而生於其思故謂之
思成於是鞉鼓管籥作於堂下其聲依堂上之玉磬
無相奪倫者至於九獻之後鐘鼓交作萬舞陳於廷
而祀事畢矣於是王者之後皆來助祭無不和悅者
以爲凡此皆湯德之致也故曰自古在昔先民成湯
造商而遺之子孫我今賴之溫恭朝夕執事於此而
已湯其尚顧予烝嘗哉此湯孫之所奉者庶幾其顧
之也

那一章二十二句

烈祖祀中宗也

中宗大戊也

嗟嗟烈祖有秩斯祜申錫無疆及爾斯所既載清酤賚我思成亦有和羹既戒既平鬷假無言時靡有爭綏我眉壽黃耇無疆約軝錯衡八鸞鶬鶬以假以享我受命溥將自天降康豐年穰穰來假來饗降福無疆顧予烝嘗湯孫之將

嗟乎我烈祖成湯有秩秩無窮之福可以申錫於無疆以及爾中宗之所故中宗猶以其餘福復與我令既載清酒於尊以畀我所思成之人又重之以和羹於時百官總至於廟肅然無言靡有爭者故其耇老

黃耇無疆之人咸安於其位脩潔其車服以來助祭
既至而獻其國之所有凡於我受命者溥且大矣於
是天降之豐歲以供其粢盛言人既助之天又應之
然後庶幾祖考來格而饗其祭報之以福曰其尚顧
予烝嘗哉此湯孫之所奉也賚我思成猶言烝畀祖
妣古語質也鬷總也

烈祖一章二十二句

玄鳥祀高宗也

祀當作祫古者君喪三年而祫明年春禘自此之後
五年而再殷祭一禘一祫祫祭之禮毀廟與未毀廟

之主皆升合食於太祖此詩除高宗之喪而始祫之詩也故歷言商之先君至高宗而止又以太禘之詩次之而後繼以時祀高宗之詩高宗武丁也

天命玄鳥降而生商宅殷土芒芒古帝命武湯正域彼四方方命厥后奄有九有商之先后受命不殆在武丁孫子武丁孫子武王靡不勝龍旂十乘大糦是承邦畿千里維民所止肇域彼四海四海來假來假祁祁景員維河殷受命咸宜百祿是何

玄鳥鳦也古猶言昔也糦黍稷也景大也員均也契母簡狄有娀氏之女爲帝嚳次妃見玄鳥墮其卵而

吞之因孕生契堯封之於商十四世而至於湯始受
命以正域四方之諸侯四方之君罔不受遂奄九州
而有之其後世世受天命無有危殆以至武丁之子
孫以武德王天下無所不勝是以諸侯建龍旂乘車
奉黍稷以來助祭夫天子所居畿內千里自足以疆
域四方四方諸侯賴之以安故其至者祈祈其多其
大而均如衆水之赴河咸曰殷受天命天下莫不宜
之者宜其能何天祿也此助祭者所以若是其多也

玄鳥一章二十二句

長發大禘也

大禘宗廟之禘也故其詩歷言商之先君又及其卿士伊尹伊尹蓋與祭於禘也

濬哲維商長發其祥洪水芒芒禹敷下土方外大國是疆幅隕既長有娀方將帝立子生商

濬深也哲明也京師方之內也諸夏方之外也幅廣也隕均也商之受命深遠而明其祥之見也久矣唐虞之際禹疏積水以疆理諸夏之國有娀於是始大上帝則已立其女簡狄之子以造商室矣

玄王桓撥受小國是達受大國是達率履不越遂視既發相土烈烈海外有截

玄王契也桓武也撥治也契之爲人武而能治授之以國政無不能達所謂在家必達在邦必達者也率循也履蹈也契之所循蹈未嘗出中然其於事能洞視其情而遽發以應之相土契之孫也

帝命不違至于湯齊湯降不遲聖敬日躋昭假遲遲上帝是祗帝命式于九圍

商之先祖既有明德天命未嘗去之至於湯而王業成與天命會焉湯之所以自降下者甚敏而不遲故其德日以益升明假于天然而其心未嘗汲汲於有天下凡以敬天命而已於是天命之使用式於九圍

九圍九州也

受小球大球爲下國綴旒何天之休不競不絿不剛不柔敷政優優百祿是遒

球玉也小球鎭圭長尺二寸大球珽長三尺天子之所服也湯既受命執圭搢珽以臨朝會非以寵其身也所以挈有下國如旌旗之綴旒焉絿急也遒聚也

受小共大共爲下國駿厖何天之龍敷奏其勇不震不動不戁不竦百祿是總

共珙通合珙之玉也駿大也厖厚也龍寵也戁竦懼也

武王載旆有虔秉鉞如火烈烈則莫我敢曷苞有三蘖莫遂莫達九有有截韋顧既伐昆吾夏桀

武王湯也曷遏通苞本也蘖餘也本則夏桀蘖則韋顧昆吾也韋豕韋彭姓也顧及昆吾已姓也湯既受命載旆秉鉞以征不義桀與三蘖皆不能自達於天下故天下截然歸商於是遂伐韋顧既克之則以伐昆吾夏桀焉

昔在中葉有震且業允也天子降予卿士實維阿衡實左右商王

自契至湯其間蓋有微弱震動之憂歟信矣天之子

商也降之卿士以左右商王而後商室以興阿衡伊
尹也
長發七章一章八句四章章七句一章九句一
章六句
殷武祀高宗也
撻彼殷武奮伐荊楚罙入其阻裒荊之旅有截其所湯
孫之緒
撻疾意也罙深也裒聚也自盤庚沒而殷道衰楚人
叛之高宗撻然用武以伐其國入其險阻以致其衆
戮有罪以齊一之使皆即用高宗之次緒易曰高宗

伐鬼方三年克之蓋謂此歟

維女荊楚居國南鄉昔有成湯自彼氐羌莫敢不來享莫敢不來王曰商是常

旣克之則告之曰爾雖遠居吾國之南耳昔成湯之世雖氐羌猶莫敢不來朝曰此商之常禮也況於汝荊楚則曷敢不至哉

天命多辟設都于禹之績歲事來辟勿予禍適稼穡匪解

荊楚旣服天命諸夏之君凡建國于禹迹者咸以歲事來見於王以祈王之不譴曰予稼穡匪解庶可以

免咎矣

天命降監下民有嚴不僭不濫不敢怠遑命于下國封建厥福

天監視商爲下民之所嚴而不僭不濫不敢怠遑故使之制命于下國封建其所當福

商邑翼翼四方之極赫赫厥聲濯濯厥靈壽考且寧以保我後生

諸侯歸之上帝予之故能以商邑爲四方之中赫赫濯濯光明也後生子孫也

陟彼景山松柏丸丸是斷是遷方斲是虔松桷有梴旅

楹有閑寢成孔安

天下旣治然後伐其松柏而新其宮室旣成而無所不安德之至也景山大山也丸丸易直也遷徙也虔敬也梴長貌也旅楹衆楹也司馬遷言宋襄公脩仁行義欲爲盟主其大夫正考父美之故追道契湯高宗殷之所以興作商頌其說蓋出於韓詩近世學者因此詩有奮伐荆楚則以襄公伐楚之事當之遂以韓嬰之說爲信于考商頌五篇皆盛德之事非宋之所宜有且其詩有邦畿千里維民所止肇域彼四海命于下國封建厥福此類非復諸侯之事無可疑者

襄公伐楚而敗於泓幾以亡國此宋之大恥既非其所當頌而長發之詩謂湯武王苟誠襄公之頌商有武王豈復以命湯哉

殷武六章三章章六句二章章七句一章五句

潁濱先生詩集傳卷第十九終

寫